KB266833

비 굿^{Be Good}, 어떤 사람이 되어야 할까?

지기영 인생 여행기

비 굿,
Be Good

어떤 사람이
되어야 할까?

지기영 인생 여행기

청진옥에서 송콜호수까지,   85세 방랑자가 전하는 여행의 향기

“이 책을 미국에 계신 두 분 형님께 바칩니다.”

작가 노트

이 글은 큰 조카가 자기 삶에 도움이 될 만한 글을 써달라는 바람에 시작하였다.

청진옥 친구들과 만나 어디서부터 어떻게 써야 할지 모르겠다고 하자, 하나가 "거기부터 시작하면 되겠네요."라고 한다. 병甁뚜껑이 열린다.

그렇게 해서 쓰기 시작하다 보니 쓸 거라곤 내 조그만 지식知識 그리고 여행하며 배운 게 다. 그러니까 내 인생 얘기가 돼 버렸다. 내 인생-이제 80이 훌쩍 넘었으니 인생이라 해도 된다-에는 자랑할 만한 것이라곤 눈 씻고 찾아봐도 없다. 그래도 조금 아주 조금은 자신自信이 있다. 나는 아직 몸도 마음도 건강하다. 지난여름에는 중앙아시아로 두 달간 배낭여행을 했다. 여행은 내게 무언가를 가르쳐 준다. 여행을 통해 성숙해진다. 그 여행에서 나는 이렇게 썼다.

『키르기스스탄 Kyrgyzstan의 비슈케크Bishkek

다음 날 출발하는 송콜호수Song-Kul Lake의 투어를 예약했다. 송콜호수는 해발 3천 미터가 넘는다. 공기는 희박稀薄하고 그만큼 햇볕은 뜨겁다. 그 뜨거운 햇볕 아래 언덕에 앉아 고요한 호수만을 내려다보며 유르트Yurt(유목민 텐트)에서 열흘을 보냈다.

그 열흘, 그 호수가 내 마음이라는 느낌이 몸으로 전해져 온다. 그 호수에 내 모든 분별分別, 생각들을 던져 놓고 내려왔다. 얼굴은 껍질이 벗겨지도록 탔지만 마음은 편안하다. 삶에 한 시기, 고비가 지나갔음을 느낀다.』

내 자신감은 끊임없이 배우며 사는데서 오는 것 같다. 중앙아시아를 다녀와서 나는 쿠란을 아랍어로 읽기 위해 아랍어 공부를 시작했다. 이 근처의 이슬람사원寺院을 찾아가 이맘Imam을 몇 번 만나기도 했지만 알고 보니 Google이 최고의 선생이다.

구글이 최고의 선생이라 썼지만 나는 AI 문화가 싫다. 그래서 핸드폰으로 앱App은커녕 문자 보내는 것도 안 배운다. 그런 내가 이맘 대신에 Google을 택했다. 쉽고 효과적인 것을 선택한 것이다. 그렇게 인간들은 AI의 영향 아래로 들어간다. 내가 싫어하는 건 사람들이 AI를 닮아가는 거다.

하교下校길, 버스정류장에 4명의 고등학생이 벤치에 앉아 있다. 모두 고개를 숙이고 핸드폰을 들여다본다. 이들 사이에는 방음防音 유리 벽이 있다. 상대가 보이긴 하지만 들리지도 느껴지지도 않는다. 이들은 자폐증自閉症…….

마음을 열고 사는 게 좋은 삶이다. 마음을 열려면 이기려고 하는 자기 고집을 버려야 한다. 좋은 삶을 살려면 부끄럽게 이기기보다는 깨끗하게 질 줄 알아야 한다. 영리Clever해서는 그게 어렵다.

좋은 삶에 완성完成은 없다. 그러니 그냥 배워가며 사는 수밖에는 없다. 나는 최소한 그 정도는 안다. 그리고 영리함은 좋은 삶의 반대편에 있다는 것도 안다.

요즘 젊은이들에게 이 글은 한 늙은이의 넋두리로 들릴 것이다. 그래도 이 넋두리도 잘만 읽으면 좋은 삶에 얼마간은 도움이 되리라고 생각한다. 그래서 큰 조카의 부탁도 있었지만 이 책을 출판하기로 했다.

이 책에는 여행을 통해 느꼈던 삶에 대한 사유, 그리고 내가 중요하다고 여기는 가치와 철학, 지식을 조금 보탰다. 이 글이 삶의 여행을 준비하는 이들에게 조금이나마 도움이 되기를 바란다.

또 영석이가 수고해야겠다. 이 글을 쓰면서도 그랬지만… 언제나 고맙다.

비 굿, 어떤 사람이 되어야 할까?

제1장. 뚜껑을 열다:
일단 신발 끈을 묶고 나서는 마음

———

광화문 청진옥에서 해장국을 먹다 새삼 깨달았다.

인생도 병뚜껑을 따야 비로소 그 속의 진짜 맛이 난다는 걸.

85세, 남들은 다 끝났다고 할 나이에 나는 다시 방황하기로 했다.

이 방황은 길을 잃는 것이 아니라,

내가 누군지 찾아가는 가장 적극적인 행위이기 때문이다.

그 방황의 길에서 바람결에 들은 얘기들을 여기 풀어놓는다.

고루한 얘기, 뻔한 잔소리 같아도 들어보렴.

귀를 기울여 보렴. 그리고 신발 끈을 묶어 보렴.

아무리 좋은 풍경도 마음을 주지 않으면 남의 이야기일 뿐이란다.

방황(彷徨): 길을 잃어야 진짜 길을 찾는다

큰 조카가 미국으로 돌아가기 전날 저녁에 내게 전화를 해 왔다.

"작은아버지, 내게 도움이 될 만한 명심보감明心寶鑑같은 책을 하나 써 줘요. 욕을 해도, 아니 욕을 많이 해주는 글로요. 4월말이나 5월 초쯤에 다시 올 테니 그때까지요."

뜬금없이 이게 뭐야. 어제 저녁까지도 청진옥에서 같이 술을 마시면서 아무 말도 없던 녀석이… 하는 생각이 먼저 든다. 도대체 환갑이 넘고 미국에서 제일 유명한 의대醫大인 존스 홉킨스Johns Hopkins를 나온 의사醫師, 거기다 좋은 아내, 잘 성장한 아들까지 갖춘 네게 무슨 얘기를 써달란 말인가, 그것도 날짜까지 박아가면서. 당황스럽기도 하고 망설여진다. '명심보감?'

나는 "너는 그 마음만으로도 이미 됐어. 다른 건 다 자잘한 거야."라고 했다. 그리고 한편으로 '아마 얘가 지가 잘 살고 있나하는 의문이 있나보다' 생각했다. 사람들은 별로 자신이 정말 잘살고 있냐는 묻지 않고 그냥 하루하루를 산다. 그 물음 자체가 마음의 여유고 값있는 자기 성찰省察이다.

나는 네 작은 아버지이긴 하지만 너를 친구라고 생각하고 대한다. 나는 친하게 지내는 사람들을 모두 내 친구라고 생각한다. 청진옥에서 만나는 친구들 중에 은퇴 교수가 제일 나이 많은 데 나보다 15세나 아래고 그 외에는 50대, 40대들이다.

사실 나는 남을 가르치는 일에는 서툴고 그런 의도로 남을, 심지어 우리 아이들한테까지도, 그리 대해 본 적이 없다.

내가 남들이 쉽게 읽기 어려운 책들을 몇 권 펴내기는 했지만 그건 사실 남이 읽고 무언가를 배우기를 바라기 보다는 내 안에 쌓여 있는 것들을 토로吐露해 내지 않으면 답답해서였다.

그 친구가 똑똑하지 않아 내게 그걸 부탁한 건 아닐 거다. 네가 정말 고민한 것은 네 그 똑똑한 지능知能이 영리한 길로만 가고 있지는 않은가 하는 것이 아닐까 생각해 본다. Clever가 아니라 Wise해 지고 싶다는 거겠지.

뜬금없는 얘기 같지만 나는 검사檢事 놈들을 싫어한다. 그들은 이기적利己的이며, 일반인들에게는 오만傲慢하고 정치권력 앞에는 비굴卑屈하다(미안하지만 이건 내 고집스런 편견이자 내 삶의 결론이다. 불만스러워도 어쩔 수 없다).

그런 검사가 똑똑하지 않은가? 다만 그들은 Clever할 뿐이다. 그들은 자기 직업을 얻기 위해 인생에서 가장 순수하고 열정적인 시기時期인 20대에 공부에 얽매여서 뭐가 잘사는 것인지, 삶의 의미意味 같은 건 생각해 보지도 않았을 것이다.

삶에는 주어진 확실한 목표, 의미 같은 것은 없다. 그것은 자기 스스로 만드는 것이다. 판사, 검사가 인생에 의미일수는 없지 않은가? 그것은 'What am I'일 뿐 'Who am I'가 아니다. 직업에 전념專念한 그들은 'What am I'에 자신의 20대 순수한 열정을 팔아버린 것이다.

판검사, 거기에 의사까지 포함해서 그들의 삶은 이미 정해져 있다. 그러나 우리의 삶 전체가 계획되어지고 규칙에 얽매이고 시간들이 미리 결정되면, 영혼(마음)은 질식窒息되고 만다.

젊은 시절, 아니 성장기成長期에 좀 방황해도 된다. 삶의 의미, 왜 사는지도 모르면서 어떻게 방황, 실수하지 않을 수 있겠나? 그건 오히려 진지眞摯하게 삶을 추구하는 징표인 것이다.

삶에는 연습이 없이 바로 실전實戰이다. 그러니 실수失手는 당연하다. 실수도 일의 일부다. 실수의 아픔은 자신을 용서하고 남을 관용하도록 자신을 키운다, 아무것도 시도試圖하지 않으면 실수도 하지 않는다. 그 대신 자기의 식견識見, 세상은 좁아진다.

그들이 판검사, 의사를 평생의 직업으로 선택했을 때 그들은 그 평생, 삶에 대해 얼마나 알고 있었나? 어느 드라마에서 여의사女醫師의 연인이 그녀에게 묻는다.

"왜 의사가 됐지?"

"그냥 국영수國英數를 잘해서, 돈도 좀 잘 벌 거 같고….”

Clever는 How to를 묻지만 Wise는 Why를 생각한다. How to는 목표가 정해져 있기 때문에 열심히 노력하면 되지만, Why는 방황할 수밖에 없다. 그렇다고 해서 이 말이 젊은 시절, Wise해서 방황한다는 뜻은 결코 아니다.

판검사 안 되고, 의사 못 된 삶이 훌륭한 삶이라고 말하고자 하는 건 아니다. 다만 그 행간에 내 삶의 경험을 던져두었다. 그렇다. 20대에 방황한다고 해서 삶에 답을 얻을 수 있을 것이라고 생각하지는 않는다. 그러나 그 이후 삶의 질質, 어떤 사람이 될 것인지의 방향은 결정된다. 물론 인간은 가능 존재이기 때문에 언제든 자신의 삶을 바꿀 수는 있다. 그러면 20대가 아깝지 않은가?

Wise. 현명한 사람은 좋은 삶을 산다.
다른 말로 하면 좋은 사람이다.
네가 바라는 것도 그게 아닐까?

30년 전에 인도를 6개월간 방랑하면서 리시케시라는 작은 마을에 간 적이 있다. 리시케시가 의미하는 '현자賢者들의 마을'이라는 뜻처럼 그곳에는 인도 각지에서 오는 순례객을 위한 아쉬람Ashram과 힌두사원이 많다. 길에는 머리를 틀어 올린 특이한 모습의 사두(Sadhu-영적靈的 수행자)들이 여기저기 보이고, 가족단위의 순례객들이 거리를 여유롭게 거닌다.

그 마을의 어느 힌두사원 벽에 페인트로 크게 쓴 "Do Good, Be Good"이라는 어구語句가 보인다. 자기네 신神을 모신 사원寺院에 자신들 종교의 교리가 아니라 이런 평범한 진리를 내건 힌두교의 너그러움이 느껴진다.

'착한 일하고 좋은 사람 돼라' 삶에서 더 이상 뭐가 필요한가?

착한 일은 누군가를 돕고 사랑하는 것이다. 그건 부부夫婦, 자기 가족만을 사랑하라는 말은 아니다. 남을 돕고 사랑하려면 그에게 마음이 열려있어야 한다. 그러니까 열린 마음이 삶의 바라는 바가 될 수 있다. 사실 우리는 마음으로 산다. "One lives one's inner_mind."

내 20대를 돌아본다.

내가 대학교 2학년일 때 ROTC가 생겼는데 학교 캠퍼스에서 군사훈련을 하는 애들을 보면서 '쟤네들 도대체 무슨 짓들을 하고 있는 거야?'하는 생각을 했다. 대학은 이른바 자유의 전당殿堂이다. 그런 걸 공부하는 대학생이 군사훈련이라니….

그 시기에 나는 제대로 아는 것도, 방향도 없이 무언가를 추구하는 욕구들만 가득해서 책들도 이것저것 가리지 않고 읽었다. 그래도 사람 사는 얘기가 제일 좋았다. 헤르만 헤세, 앙드레 말로, 서머싯 모옴, 토마스 만 등등. 그때 나는 나라는 유쾌한 사내 안에 오만하고 냉소적인 지성知性이 자리 잡아 가고 있음을 알아챘다.

그 갈등은 헤세의 나르치스와 골드문트의 형태로 다가왔다. 나는 골드문트의 예술, 본능적인 힘에 매료魅了되었지만, 그래서 그 방향으로 가고 싶었지만 내 성품은 나르치스의 지성知性에 가까움을 인정해야만 했다. 그러나 그 둘은 항상 공존共存하며 여러 형태의 이중적인 모습을 드러냈다.

유쾌한가 하면 심각하다. 부드러운가 하면 강强했던 그 시절의 내 마음. 한 여학생이 날 보고 술로 치면 페퍼민트 같다고 했다. 그게 무슨 술이냐고 하니 처음 마실 땐 부드러운데 사실은 독한 술이란다. 누구나 그런 양면성이 있지만 나는 그 정도가 심했다. 마치 지독한 조울증躁鬱症을 앓는 사람처럼……

　20대 초반. 아무것도 정돈 되지 않은 상태에서 나는 방황했다. 여름에는 팔당에서 배를 타고 강을 건너 산기슭에 텐트를 치고 열흘이고 보름이고 빈둥거린다. 밤에는 되지도 않는 개똥철학을, 낮엔 강가에 앉아 오카리나로 베토벤의 '로망스Romance'를 분다. 어떤 땐 강 동쪽에서는 붉은 해가 떠오르고 서쪽으로는 그에 못지않게 붉고 큰 보름달이 지는 광경光景, 해와 달을 함께 보기도 한다. 그 시절 나는 행복했고, 순간순간 상처받았다.

　거기서 손 한번 만져보지 못한 2년 남짓한 연애가 시작되었다. 텐트 옆에 있는 팔각정八角亭에 앉아 있는데 여자 둘이 올라온다. 그녀는 K 대학교 영문과 나보다 한 학년 위다. 그냥 이 얘기 저 얘기하다 헤어졌는데 아마도 내가 좀 아는 척했을 것이다.

　그리고 다음 해 3월. 우연히 광화문 네거리에서 길을 건너다 그녀를 만났다. 가까이 있는 음악실 르네상스로 갔다. 음악의 선율旋律이 둘 사이의 어색함을 녹인다. 대화는 책과 음악 사이에서 오간다.

　그녀는 베토벤 교향곡 1번부터 9번까지 모두 들었다고 한다. 우리가 함께 좋아하는 음악은 드보르작의 첼로 협주곡이다. 처음에는 별로라기에 내가 좀 주제넘은 설명을 했고 다음에 만났을 때 그녀는 감탄(?)하듯이 맘에 들어 했다. 지금도 그 음악은 그녀를 떠올리게 한다.

　그녀는 가정 사정으로 휴학休學하고 통계청統計廳에서 아르바이트를 했다. 우리는 그녀의 점심시간에 맞춰 통계청 가까이에 있는 '프랑스 제과점'에서 만나곤 했다. 그러다 3학년 한 학기를 마치고 군軍엘 갔다.

훈련병 시절 그녀는 분홍색 봉투를 만들어 예쁜 글씨로 자주 편지를 보냈다. 그 분홍색 봉투의 편지는 고참병들 눈에 띄었고, 그래서 부러움과 장난기를 불러일으켜 그들 앞에서 편지를 읽으라고 한다.

그녀는 '참 좋은 여자' 그 말이 가장 알맞는 그런 여자였다. 그녀는 내 심오深奧한 척, 번뜩이는 말에 속았고, 스무 살짜리 사내애의 욕구欲求와 냉철한 지성知性 사이의 갈등을 보지 못했다.

군대 생활 2년, 내 안의 그 갈등은 자괴감自愧感 그리고 자기 파괴破壞로 이어졌다. 몸은 망가지고 신경神經은 병적病的으로 날카로워졌다. 그렇게 된 상태에서 나는 그녀에게 신경질적인 말투로 그만 만나자고 했다. 지금 생각해도 부끄럽다. 그 좋은 여자에게 그래서는 안 되는 짓이었다. 그녀는 내가 한 마흔쯤 에나 만나야 할 만큼 당시의 내게는 벅찼다. 결국 폐결핵으로 3개월 입원을 하고 의병제대를 했다.

제대_한국 젊은이에게 그 의미는 크다_ 얼마 후에 복학復學을 했다. 군대 동기인 상덕이는 같은 학교 한 학년 아래다. 우리는 복학 후에 대학 선배이자 같은 부대에서 장교將校로 근무했던 유柳 모와 이李 모를 다시 만났다. 유柳 모는 나를 60년 대 학사회學士會라는 그룹에 소개했다.

그들은 대학생들과 접촉하려고 학사주점酒店을 운영하면

서 때로는 '5.16은 4.19의 계승인가?' 같은 주제로 토론회를 했고 나도 몇 번 참석해서 내 생각을 말했다. 토론회가 끝나고 대표인 이문규가 내게 좀 남아 있으라고 한다. 내가 좀 눈에 띄었던 모양이다. 그래서 그와 둘이서만 얘기를 나누었지만 별다른 사인^{sign}을 보내지는 않았다.

그 그룹은 통일혁명당統一革命黨의 한 지파支派였다. 나와 대화를 나눈 60년대 학사회 대표인 이문규는 그 아래 두 명과 함께 사형死刑을 당했다. 같은 사건에서 '옥중에서의 편지'로 유명한 신영복은 20년 형을 살고 나와 모 대학 교수로 학생들을 가르쳤다.

정작 내가 잡혀간 것은 60대 학사회가 아니라 청맥지靑脈紙계통의 이李 모 때문이었다. 상덕이는 이李 모와 가까웠지만 나하고는 별로였다. 이李 모는 신영복이 조직한 삼인조三人組의 조원이었고 그 하부조직으로 상덕이와 나를 포섭(?)하여 만든 삼인조의 조장이었다. 그가 그렇게 보고했다. 중정中情에서의 취조 과정에서 알게 된 사실이다.

상덕이(그는 그해 4월에 사고로 죽었다)는 몰라도 나는 이李 모가 빌려준 북한에서 발행한 책 몇 권 읽은 죄罪?밖에는 없었다. 8월 13일 금요일, 중앙정보부에 잡혀가 삼일 동안 있었다. 선고유예 그리고 요시찰인물 갑甲으로 10년 넘게 출국이 금지되었다. 그걸로 내 유학遊學의 꿈은 물 건너갔고 삶의 방향도 엉뚱한 길, 장삿길로 나서게 되었다.

결혼하기 위해 남들이 어렵다고 하는 은행시험試驗을 보고 합격해서 국민은행에 취직했다. 그렇지만 은행원으로 살고 싶은 생각은 조금도 없었다. 결혼식, 신혼여행에서 돌아와서 바로 대학원 학위 논문을 써야 한다는 핑계로 사표辭表를 냈다. 한 반년쯤 다닌 것 같다. 나는 좀 사는 집의 막내라서 책임진다는 생각이 없었다.

나는 코린 윌슨의 '아웃사이더Out-sider'에 '생활은 노예에게나 던져 줘버려라.'가 마음에 들었다. 일상에 얽매이고 싶지 않았다.

루이제 린저의 '생의 한가운데서', 감옥에 있는 사랑하는 사람에게 고문拷問의 고통을 덜어주려고 빵에 독약을 넣어야만 했던 연인, 앙드레 말로의 '인간의 조건'. 자신의 모진 고문을 끝내줄 청산가리를 화형火刑을 앞둔 동료에게 주는 공산주의 혁명가, 그런 선택選擇 앞에 선 삶의 시간에 비해 일상日常은 너무나 가벼워 보였다. 시시했다. 하물며 권위 따위야….

여행1. 라다크에서의 일기 ①: 낯선 땅이 건네는 첫 번째 인사

여름 태풍이 바다를 바닥에서부터 뒤집어 생명체들에게 새로운 생명의 힘을 되찾게 하듯이, 몇 개월의 배낭여행은 삶을 일상생활의 혼탁混濁으로부터 나 자신을 다시 태어나게 한다. 생활 속에서 잃어버린 삶을 되찾게 한다.

뭣도 모르는 분야에 투자를 한 탓에 경제적으로 고전苦戰하다 그동안 공장 땅값이 많이 올라 그걸 팔아서 은행 빚을 갚고 사업을 정리했다. 그리고 '이제까지의 삶을 전생前生으로 하고.'라는 글을 남기고 인도로 배낭여행을 떠났다. 말하자면 살아서 "후생"을 살아본 것이다.

지난 30년을 진흙탕 속에서 뒹굴었다. 몸은 지치고 마음은 혼탁하다. 휴식休息, 그보다는 새로 태어나고 싶었다. 그래서 선택한 곳이 인도였다. 그때가 1993년 12월이었다. 인도 중부에 있는 마드라스행 비행기에 몸을 실었다. 무언가 새로 시작할 수 있는 마음이 되기까지는 돌아오지 않을 각오覺悟로 떠난 길이다.

여기 실은 글은 인도의 땅끝 마을인 칸야쿠마리에서부터(타밀어: 칸니야후마리) 인도 대륙을 5개월간 방랑한 다음의 얘기다.

1994년 5월 4일
뉴델리 공항을 떠난 라다크행 비행기는 북쪽으로 한 시간쯤 비행하고 비로소 히말라야산맥을 넘기 시작한다. 이 거대한 산맥도 하늘에서 내려다보니 그 모형模型을 보는 듯 전혀 웅장하다는 느낌은 주지 않는다. 그 산줄기들 사이사이 푸릇푸릇

눈이 녹은 곳에 조그만 마을들이 옹기종기 어우러져 있다.

라다크는 '작은 티베트'라고 불리며 히말라야에서 카라코람Karakoram으로 이어지는 해발 3,500미터의 거의가 황량한 불모지에 자리하고 있다. 라다크는 티베트 불교로서는 중국에 지배를 받고 있는 티베트보다 오히려 그 본래 모습이 순수하게 유지되고 있는 곳이다. 모든 인간의 신념이나 종교에 대해 관대寬待하고 자유로운 인도는 참 축복받을 만한 자격과 가치가 있는 나라다.

라다크의 주도州都인 레 공항에 도착하여 주위를 둘러본 느낌은 참담慘憺하다. 풀 한포기 없는 검고 누런 침식된 바위산들을 보며 이것이 꿈꾸듯 바라본 신비로운 만년 설산雪山의 벗겨진 실상인가 싶어 당황스럽다.

레 공항에서 외국인은 공안당국에 신상身上 카드를 제출해야 한다. 마침 우리 스님 세 분이 같은 비행기로 왔는데 레의 한국 절인 대청보사에 가는 길이라고 한다. 속세 일은 서투른 분들이라 카드 적는 것을 거들어주었다. 나는 지난 달 리시케시에서 대청보사의 동화스님을 만났고, 그분은 며칠 후에나 레에 돌아올 것이라 알려주고 헤어졌다.

찾아 든 게스트 하우스는 비록 싼 여관이지만 방 앞에 작은 베란다가 있어 궁성宮城과 시내 그리고 멀리 설산雪山도 볼 수 있다. 전망이 참 좋았다.

게스트 하우스의 방은 남향이고 벽의 남서南西 두면은 천장에서 바닥까지 닿는 대형 유리로 된 이중창문으로 되어있다. 그리고 이 창문에는 아주 두터운 커튼을 달아 한낮의 뜨거운 햇볕을 받아 더워진 온기溫氣를 밤까지 유지할 수 있도록 해 놓았다. 레에서는 땔감이 없어 이것만으로 영하 30도가 넘는 겨울을 지낸다.

다음 날. 지난해 12월에 인도에 온 이후 처음으로 심한 배탈 설사에 시달린다. 뉴델리를 떠나기 전날 저녁에 먹은 치즈가 맛이 이상하더니 아마 상했던 모양이다.

여행 중에 다른 관광객들은 다들 생수生水를 사서 들고 다니지만, 그게 현지인에게 위화감을 주는 건방진(?) 짓 같아 그냥 식당이나 여관에서 주는 물을 마셔 왔다. 그러면서도 지난 4, 5개월을 인도를 떠돌면서 별 탈이 없었다. 그런데 어제 뉴델리로 돌아가는 항공편을 알아보려고 인도항공 사무실에 다녀올 때는 너무 배가 아파 길에 주저앉아 한참을 쩔쩔매며 견뎌야 했다. 이럴 때는 굶는 게 상책이라 어제 하루를 물만 마셨다.

아침에 식당에 가서 미음을 좀 만들어 달래서 먹고 나니 한결 속이 부드럽다, 미음을 영어로 뭐라 하기 어려워 그냥 'Rice Soup'이라 했더니 그래도 그게 통했다.

아침에 오던 비가 그치기는 했지만 하루 종일 날씨가 흐리다.

라다크에는 레를 중심으로 동쪽 끝에는 예수가 와서 공부하고 갔다는 헤미스 곰파, 서쪽 끝에는 라마유루 곰파가 있다. 어느 곳으로 갈까 망설이지만 어디가 더 좋은지 알 수도 없고, 나그네는 발길 가는 대로 따라갈 뿐, 어디든 버스 편이 먼저 있는 곳으로 가기로 한다.

겨우 배탈도 가라앉고 시간도 있어 가장 가까운 틱세 곰파Tiksey Gompa를 다녀오려고 길을 나선다. 버스를 타고 인더스강을 거슬러 동쪽으로 한 반 시간 거리에 있는 곰파, 그 곰파는 마을 뒤, 길 쪽으로 좀 튀어나온 언덕에 자리하고 있다. 많은 티베트 절들은 마을로 오는 길 어디에서나 제일 먼저 눈에 띄어 마을이 거기에 있다는 것을 알게 한다.

곰파 옥상에서 보는 인더스 강의 원류源流는 황토 분지의 가운데를 흐르고 있는 큰 냇물 같다. 강 주변의 넓은 분지 멀리 이곳저곳에 흩어져 있는 마을과 절이 보인다. 뭄바이에서 뉴델리까지 30시간을 밤 기차에 시달리고 뉴델리의 40도 무더위, 거기다 식중독으로 배탈까지 났으니 제법 자신 있던 체력도 바닥이 난 것 같다. 곰파에서 부처님께 절을 하고 일어나는데 현기증이 난다. 요즈음 자주 현기증이 나는데 고산병高山病이 아닌가 걱정이다.

5월 6일

아침에 배낭을 꾸려 짊어지고 나선다. 어느 절에 가든 이번 기회에 오체투지五體投地로 삼천배三千拜를 하리라 생각하고 있다.

버스 정류장으로 가는 큰길을 걸어가는데 택시가 앞을 스치듯 지나간다. 그런데 가던 택시가 멈추더니 후진으로 내 앞에 와 선다. 공항에서 만난 스님 세 분이 타고 있다. 창문을 내리고 어디로 가느냐고 묻기에 "헤미스나 라마유루."

그분들은 라마유루로 간다며 함께 가자고 한다. 그분들은 택시를 하루 대절해서 라마유루로 가면서 몇 군데 절을 들려보고 당일로 레에 돌아 올 계획이라고 한다. 라마유루로 가는 길에는 몇 곳에 작은 절들이 있어 들러 보느라고 오후 늦게 곰파에 도착했다.

라마유루 곰파

라마유루 마을은 라다크에서 카슈미르로 가는 길, 라다크의 서쪽 끝머리에 있다. 이 두 곳을 오가는 차도車道는 산 중턱을 끼고 있어 도로에서 마을로 오려면 갈지之자의 길을 따라 내려오게 된다. 마을로 들어서는 길에는 십여 개의 초르텐(큰 탑)이 일렬로 늘어서 있다.

라마유루는 히말라야산맥 안에 황갈색 바위와 침식된 모래 산, 그 계곡 사이로 인더스강을 향해 흐르는 지류支流를 의지하여 형성된 조그만 오아시스 마을이다. 냇물 옆에 보리밭이 있고 그 들판에 한 200여 호가 자리하고 조그만 공립학교도 있다.

동쪽으로 흐르는 냇가에는 파랗게 물이 오른 버드나무들이 심어져 있고, 북쪽을 향한 계곡에 마니월Mani Wall이 제방堤防처럼 보인다. 마니월은 마을의 행운, 안녕을 위해 옴마니반메훔 같은 주문呪文이나 부처님, 보살 등의 모습을 새긴 얇은 석판石板을 둑처럼 쌓아 놓은 것이다.

차도車道가 있는 산자락 아래쪽 북면에 절벽이 있고 그 위에 라마유루 곰파가 마을을 내려다보며 자리하고 있다. 그러나 밑에서 쳐다보면 그 절벽은 이미 바위라고 하기에는 너무 침식되어 기묘한 형상을 하고 있다. 언제 와해瓦解될지 모를 만큼 위험해 보인다.

라마유루 곰파의 '라마'는 승僧, '유루'는 만(卍-부처님의 가슴 복판에 있었다는 표지)을 의미하므로 번역하면 승만사가 된다. 불경 중에는 승만경도 있어 이 이름이 낯설지가 않다.

곰파에는 곤축소남 스님 한 분만 살고 있다. 다른 스님들은 곰파 부근에 혼자 혹은 가족들과 살면서 공양도 각자가 해결한다. 티베트 불교에서는 겔룩파만 비구 종단이고 카규, 닝마, 사카 등 다른 종단은 삭발이나 독신을 요구하지 않는다. 라마유루 곰파는 명상冥想을 중시하는 카규파에 속하는 절이다.

곤축소남 스님은 사십 대 독신獨身으로 조그마하고 이목구비耳目口鼻가 뚜렷하다. 나는 법당에서 며칠간 착찰(오체투지)을 하고 싶다고 스님께 말씀드렸는데. 스님은 쾌히 승낙하며 절 한쪽에 빈방까지 내주면서 편하게 지내라고 한다. 이층에 있는 방은 비록 흙바닥이지만 그 앞에는 절 마당이 있어 답답하지 않다. 이 마당은 절의 작은 행사를 하는 곳이지만 평소에는 동네 아이들 놀이터다.

삼천배를 드리다.

다음 날 아침에 여름용 침낭을 들고 법당에 가니 스님이 기다리고 있다. 법당에는 가운데 카규파의 종조宗祖인 밀라레

파가 모셔져 있고 그 옆에 보다 작은 석가모니 부처님상이 좀 마르고 젊은 모습으로 나를 바라보고 계신다. 법당 정면 좌우로는 스님들이 마주앉아 독경을 하거나 공부하도록 책상 같은 것이 만들어져 있는데 그 위에 석가모니 부처님을 향해 침낭을 길게 깔았다.

스님은 착찰을 시작하기 전에 만트라가 준비되었느냐고 묻는다. 만트라는 주문呪文으로 착찰을 할 때는 부처님을 경배하는 말씀을 함께 드려야 한다고 한다. 준비하지 못했다고 하자 잠시 생각하더니 "무니 무니 마하무니 석가무니 에소하"가 좋겠다고 하신다. '무니'는 깨달은 성자, '마하'는 크다는 뜻이고 '에소하'는 우리 주문에는 '사바하'라고 기원祈願한다는 의미이다. 그리고는 착찰하는 법을 가르쳐 준다.

부처님을 향해 바로 서서 두 손을 합장하여 이마에 대고 다음에 입으로, 세 번째로 가슴에 모은다. 이마와 입 그리고 가슴은 삼업三業을 짓는 신구의身口意를 의미한다. 그리고 두 무릎을 꿇고 전신을 쭉 펴 바닥에 엎드리는데 이때 이마와 두 손바닥 그리고 두 발등, 이 다섯 부분이 바닥에 닿도록 한다. 절을 할 때는 몸으로는 오체투지를, 입으로는 만트라를 외며 마음에는 한 영상을 담아 마음이 흐트러지지 않도록 하여야 한다.

곤축소남 스님은 법당을 내어주고 밖으로 나간다. 그 마음 씀이 고맙다.

침낭을 깔고 앞에 모셔진 석가모니 불상佛像을 가슴에 떠올리는 영상影像으로 절을 시작한다. 마음을 모으고 앞에 부처님을 바라보고 눈을 감고 다시 가슴에 떠올린다. 그리고 입으로 만트라를 작은 소리로 외우며 절을 한다. 절을 한 번 하고 염주 한 알씩 옮기며 숫자를 세어 나간다. 첫 일 배拜를 드리고 일어선다.

처음 백배를 마치고 법당을 나서 행성들이 태양을 도는 방향으로 곰파 주위를 돈다. 곰파 주위에는 회전 기도기가 죽 돌아가며 있다. 그 안쪽에는 그 하나하나에 부처님 상을 새겨 곱게 채색한 얇은 석판들이 세워 있다. 그 석판들은 순간 탐날 만큼 아름다웠다. 손으로 한 바퀴씩 돌리며 지나간다. 마을이 내려다보이는 곳에 지은 작은 당幢에는 커다란 회전 기도기가 걸려 있고 이 회전 기도기가 돌면서 앞에 걸려 있는 작은 종을 친다. 그 종소리가 곰파 안팎으로 울려 퍼진다.

다음 착찰을 하기까지 법당 앞 계단에 앉아 해바라기를 한다. 하루 네 차례 사 백배를 하기로 했다. 그렇게 7일 반나 절이면 삼천배를 마칠 수 있을 것이다.

5월 9일

날씨가 내게는 아직도 춥다.

그러나 아이들은 산에서 물을 끌어 내린 수돗가에서 맨발인 채 눈 녹은 물로 고양이 세수를 한다. 설산雪山의 흰빛은 하루가 다르게 줄어든다. 비록 나무나 풀은 보이지 않지만, 엷은 초록의 이끼가 벗겨지듯 산색山色이 조금씩 변해간다.

곰파 앞집 남정네는 여장旅裝을 꾸리고 나서며 겨우내 집

안에 함께 살던 가축들을 밖으로 내몬다. 라다크에서 겨울에는 아래층에 가축들이, 2층에는 식구들이 함께 지낸다. 땔감이 없이 혹독한 추위를 견디는 데는 아래층 가축들의 온기가 큰 도움이 된다. 20여 마리의 양, 서너 마리 당나귀와 그 새끼들, 두 마리의 검은 조(야크와 일반 소와의 교배종) 그리고 8마리의 새끼 양이 겨울을 같이 보내고 이제 그 집 부부와 하루거리에 있는 목초지로 여름살이를 떠난다. 집에는 타시라는 열일곱 된 아들과 그 누나가 새끼 양들과 함께 남는다.

나는 타시와 곧 친해졌다. 한마디 말도 통하지 않지만 산보도 함께 다니고 방에서 내가 찍은 사진을 보면서 장난치며 논다. 말은 사람들 사귐에서 그리 중요하지 않다. 웃음이나 작은 몸짓만으로 마음을 나누다 보니 오히려 말이라는 게 군더더기처럼 느껴진다. 말은 좀 과장되거나 다르게 표현될 수 있지만, 몸이나 눈으로 하는 대화는 쉽고 솔직하다.

젊은 여인네가 열어 놓은 문에 기대서 우리가 노는 모습을 보다 타시를 밖으로 불러낸다. 타시가 돌아오더니 방에 있던 크림 통을 보며 검지로 퍼내는 시늉을 한다. 타시에게 크림 통을 건네준다. 마음 같아서는 통째로 주고 싶지만 강한 햇볕에 이미 콧잔등이 벗겨진 상태라 그러지 못하는 내 처지가 옹색하다.

하루가 오체투지로 가득 채워져 뭔가 아쉬운 마음은 전혀 일지 않는다.

부처님께 온 몸을 던져 절을 하며 철저한 하심下心만을 바란다. 아상我相에서 벗어난다는 생각 역시 교만驕慢 같아, 그저 자신을 겨자씨만 하게 하는 소망을 가져 본다.

며칠 지나고나니 절의 속도가 자꾸 빨라진다.

한 번 몸에 탄성彈性이 붙으면 엎드리고 일어서는 동작이 자연스레 이어진다. 마음을 담아 절을 하는 것이 아니라 단순한 몸의 흐름에 따른다. 절을 멈추고 마음을 가다듬는다.

라마유루로 오는 택시에서 스님이 넌지시 5월 18일이 부처님 생신날이라고 말해 가슴에 담고 있었다. 곤축소남 스님에게 미화 30불 정도인 1,200루피를 드리며 준비를 부탁드린다. 아직 며칠 남았지만 준비를 하려면 레에 가는 편에 부탁을 해야 하기 때문에 좀 서두른다. 그리고 같은 인편에 대청보사에 계신 동화스님께 석가탄신일에 하는 시주로 300루피를 전한다. 동화스님은 내게 옥玉으로 된 염주念珠를 주셨다. 나는 그 뒤 오랜 세월 동안 습관처럼 그 작은 포도 알 같은 염주를 굴리며 반야심경을 속으로 외우곤 했다.

5월 14일

오늘 오체투지로 삼천배를 끝냈다. 처음 부다가야에서 티베트인들의 온 몸을 던지는 오체투지에 감동을 받고 나도 그렇게 하고 싶었다. 알지 못하는 신비한 기운이 전신을 감싸는 느낌을 받았다거나 하는 건 없었다. 다만 편안한 상태에서 마음가짐을 여밀 뿐이지만 그래도 이제부터는 불제자佛弟子로 살고 싶다.

삼천배三千拜를 드린 기념으로 카길Kargil로 짧은 여행을 떠난다. 연극演劇 속에서 하는 연극처럼 하룻밤을 자고 오는 이 여행은 막간幕間의 여유라 생각했다. 카길은 라다크에서 카슈미르로 가는 길에 처음 만나게 되는 무슬림들의 마을이다. 배낭에서 벗어나 작은 손가방에 카메라와 세면도구만을 넣고 떠나는 여행은 발걸음이 가볍다.

버스는 높이 솟은 황갈색 바위산을 기어오르듯 해발 4,500미터의 고개를 넘는다. 히말라야 고지대高地帶에서는 모든 사물은 가까이 보이고 그 윤곽 역시 뚜렷하다. 여기서는 평지에서의 원근감은 믿을 것이 못 된다. 멀리는 만년설을 이고 있는 산봉우리가 보이고 고개 아래 산등성이에는 양 떼들이 한가로이 풀을 뜯는다. 날씨는 맑고 하늘은 짙푸른 코발트색이 선명하다.

몇 시간 후, 카길로 가는 마지막 고개에 오르자 내려다보이는 곳에 무릉도원武陵桃源(?)이 펼쳐 있다. 이 황량한 히말라야 산중에 숨겨지듯 자리하고 있는 복숭아밭, 밝게 핀 복숭아꽃이 내뿜는 연분홍의 아름다움은 주변의 거친 황갈색 토양과 대비되어 더더욱 화려하다.

그 도원 앞을 흐르는 계곡의 물을 따라 반 시간쯤 거리에 카길이 있다. 카길의 분위기는 잿빛 하늘이 가라앉듯 무겁고 우중충하다. 짙은 회색의 무거운 옷차림과 어둡고 굳은 표정, 그리고 탐색하듯 바라보는 눈길은 외지인을 배척, 경계하는 느낌이다. 불과 몇 시간 거리도 되지 않는 라마유루 마을 사람들의 밝고 친절한 모습과는 너무나 대조적이다. 깊은 산사山寺에서 울려 퍼지는 범종梵鐘 소리처럼, 착하게 사는 사람들의 밝은 웃음이 삶에 더할 나위 없는 위안慰安임을 새삼 깨닫는다.

좋은 세상 만들기: 우리는 어떤 내일을 꿈꾸는가

좋은 삶과 좋은 세상은 같은 말이다. 좋은 세상은 열린 마음으로 세상을 대하고 받아들일 때 가능하다. 자기만 옳다고 우기게 되면 세상은 싸움터가 된다. 자기만 옳다고 주장하는 독단론獨斷論은 좋은 세상의 적敵이다.

누구나 다치면서 살아간다. 우리가 할 수 있고 또 해야 하는 일은 세상의 그 날카로운 모서리에 부딪쳐도 치명상致命傷을 입지 않을 수 있는 내면內面의 힘, 상처받아도 스스로 치유治癒할 수 있는 정신적精神的 능력을 기르는 것이다. 정신적 능력은 마음을 열어 나쁜 것 좋은 것을 분별하는 이분법적 사고思考에서 벗어나 모두를 받아들이는 능력이다.

현상세계는 항상 상대相對를 갖는다. 양지陽地가 있으면 음지陰地가 있다. 남자와 여자가 있다. 강함이 있으면 부드러움도 있다. 그러므로 현상세계를 이해, 설명하는데 이분법은 당연하다. 문제는 이 둘 중에 하나만을 택擇하고 주장하는데 있다.

그건 옳지 않다. 키가 크다고 할 수 있는 것은 키가 작은 것이 있기에 그렇게 말할 수 있다. 내가 초등학교에 가면 크지만 농구선수들 사이에 있으면 작다.

옛날에 황제가 한 도사道士의 명성이 너무 높아 그를 시기해서 벌을 주고 싶었다. 그는 신하臣下를 사원에 보냈다. 그 신하가 도사에게 한 문제를 내고 그걸 못 풀면 벌을 주겠다고 하며 사원 벽에 붓으로 선線을 긋는다. 그 선에 손을 대지 말고 가늘게 하는 것이 문제였다.

그 신하는 닷새 후에 올 테니 그때까지 가늘게 하라며 갔다. 그 신하가 닷새 후에 왔을 때 그는 선이 정말 가늘어진 것을 보았다. 자기가 그은 선 위에 그보다 훨씬 굵은 붓으로 그은 선을 본 것이다.

나 혼자는 아무것도 아니다.
You are nobody until somebody loves you.

상대가 있어야 내가 있다. 그런데 이분법적二分法的 사고思考-Dichotomy에서는 상대가 없어야 내가 있다 둘 중에 하나만 옳고 다른 것은 틀리기 때문이다. 틀린 것은 존재가치, 존재할 필요가 없다. 이분법은 독단론獨斷論-Dogmatism을 불러온다. 둘로 나눈 것 중에 하나만을 인정하고 고집할 때 우리는 그것을 독단론이라고 한다. 그렇게 되면 주관적인 경험을 절대적 진리라고 주장한다. 우긴다.

현상세계를 이해하는데 이분법은 당연하다. 그러므로 이분법적 사고를 버리려면 현상세계를 벗어난, 그 현상세계를 위에서 내려다볼 수 있는 시점視點이 필요하다. 우리는 그것을 형이상학形而上學이라고 한다.

형이상학은 어렵다고 생각한다. 형상形相 이상, 형상이 없는 것에 대한 학문이니까 어렵다고 생각하는 것은 당연할 수도 있다. 그러나 꼭 그렇지만은 않다.

형이상학의 요점要點은 '하나의 사물에는 그 사물을 있게 한 본성本性과 그것이 세상에 나타난 현상現象 둘이 있다. 이 둘은 서로 다르지만 그렇다고 독립된 별개別個가 아니라 하나이다.' 이것만 이해하면 된다.

본성本性-Noumena은 사물을 있게 하는 '그 무엇'이다. 그리고 '그 무엇'이 개개箇箇의 사물로 -인간, 소, 닭 등- 드러났을 때 그 사물만이 갖는 고유한 성격을 고유성固有性이라고 한다.

인간을 존재하게 하는 것을 인간의 본성이라고 한다면, 인간은 소나 말이 아니라 인간이라 할 때 그것은 인간의 고유성이다. 그런데 본성은 개개箇箇의 사물을 통해서만 자신을 드러낼 수 있다. 따라서 고유성 말고 따로 본성이란 있을 수 없다. 본성이 고유성이고 고유성이 곧 본성이다.

한 인간의 고유성(본성)은 그 인간의 겉모습, 현상現象-Phenomena을 설명해서 알 수 있는 것이 아니다. 김 아무개의 키, 몸무게, 피부색, 머리카락, 눈동자 색, 직업 등 아무리 많은 특징들을 말해도 그것으로는 그냥 김 아무개가 아닐까 하고 짐작할 수 있지만. '김 아무개다'라고 확실하게 말할 수는 없다.

김 아무개는 그가 나이가 들어 얼굴에 주름이 늘고 머리가 백발白髮이 되어도 우리는 그가 여전히 김 아무개임을 안다. 그 변하지 않는 것이 김 아무개의 고유성이다.

현상은 항상 상대相對되는 것을 갖는다. 키는 크고 작고, 착하다善에는 악惡하다는 상대개념이 있다. 그러나 인간의 고유성固有性은 유일무이唯一無二하다. 김 아무개가 둘일 수는 없다. 세상에는 수십억의 인간들이 살지만 같은 인간은 하나도 없다. 그 각자各自는 유일무이하다.

그렇지만 인간의 고유성(본성)은 그 인간의 몸과 분리되어 존재하는 다른 '어떤 것'이 아니다. 자연은 산, 강, 소나무이고 산, 강, 소나무도 자연인데 우리는 이 둘을 구별한다. 자연은 이들과 떨어져서 별개로 존재하는 것이 아니고 이들도 자연과 하나이다. 그렇다고 둘의 의미가 같은 것도 아니다. 자연이 산 등을 대신할 수도, 산 등이 자연을 대신할 수도 없다. 자연은 이것들 모두를 껴안은 채 이들 안에 숨어있다.

불교에서는 본성과 사물(현상)의 관계를 공空과 색色은 하나도 아니고 둘도 아니라고 한다不一而不二. 공空은 색色의 근거이다. 그러나 여기서 주의해야 할 것은 공空이 색色의 근거이기에 색보다 우월해 보이지만, 공空은 색色을 통해서만 자신의 존재를 드러낼 수 있다. 따라서 이 둘은 서로는 서로를 보완하는 관계로 동등同等하다. 또 각각의 진리眞理가 있다.

공空만 있다고 생각하며 색色(현실세계)이 제외되어 허무주의에 빠지고, 색色만 있다고 하면 그에 집착하여 어리석은 중생衆生의 고통으로 떨어진다. 그러니까 둘 다 진리이다. 어느 하나를 배제排除하면 세상을 제대로 이해하는 것이 아니다.

현상은 따로 설명이 필요 없이 우리가 느끼고 생각하는 대상이다. 그러나 본성은 모르고 산다. 그런데 칸트는 물자체(사물의 본성)는 모르지만(인식할 수 없지만) 그것은 있어야 한다고 한다. 건물의 그림자는 그 건물이 존재하기 때문에 생긴다.

우리는 사과를 보고 빨갛다, 달콤하다고 한다. 그것은 우리의 눈과 혀 그리고 뇌腦의 작용에 의한 것이다. 그러면 그런 감각 작용이 없는 경우 사과는 없는 것일까? 사과가 그런 감각 작용 없이 존재하는 상태가 사과의 물자체(본성)다. 물자체가 감각 작용을 촉발觸發하는 근거이다. 만일 물자체가 없다면 감각 작용도 있을 수 없다.

본성은 칸트도 '모른다'고 할만 큼 알기 어렵다. 불교에서는 본성을 아는 것을 견성見性이라고 하는데 이는 깨달음의 경지다. 그건 우리 같은 보통 사람들에게는 이룰 수 없는 경지다.

그러나 우리도 존재자(사물)의 실체가 본성과 현상 양면을 갖는다는 것 정도는 이해할 수 있다. '어떤 것이 좋은 삶인가?'를 아는 데는 그 정도면 된다.

천동설天動說이 틀리다고 해도 어차피 우리는 아침에 해가 뜨고 저녁에 지는 것에 맞추어 살아간다. 그냥 잊은 채로 살면 될 걸 왜 꼭 알아야 하냐고 물을 수도 있다.

그러나 본성을 잊고 현상세계만 보면 이분법적二分法的 사고思考에 빠질 수 있다. 본성은 현상으로 나타나기 이전의 근원적인 '하나'이고, 현상세계는 항상 '둘'로 나뉘어 있다. 한 사물에는 이 하나와 둘이 공존한다. 하나도 아니고 둘도 아니다. 현상세계만 보면 그 공존 상태를 못 보게 된다.

어떤 실체實體의 본성과 현상 양면兩面을 인정하는 것은 정치사회적으로도 필요하다. 현상세계만 보는데서 오는 이분법적二分法的 사고思考는 공동체생활을 지배와 복종 둘로 가르게 한다. 그렇게 해서 지배와 복종의 논리가 성립된다. 그렇게 해서는 지배도 아니고 복종도 아닌 평등이 있음을 모른다. 평등은 둘이 서로 동등하다는, 한 사회의 구성원들(兩面性-부자와 가난한 자)을 동등하다고 인정하는 것이다.

현상만 살피면 천동설天動說이 맞다. 따라서 본성과 현상 양면을 보는 것은 거창하게 말하면 사유思惟의 코페르니쿠스적 전환轉換이다. 지동설地動說은 의심할 수 없는 과학적 진리이다. 그러나 우리 세상살이에서는 천동설이 진리이다. 이 점을 잊으면 안 된다. 그래서 아인슈타인은 "종교 없는 과학은 절름발이이고, 과학 없는 종교는 장님이다."라고 한다.

우리는 알게 모르게 이미 이분법적 사고에 젖어있다. 우리가 무얼 의식한다는 것은 분별하는 것이고 분별은 둘로 나눈다. 그것은 독단론, 즉 자기주장만을 하게 만든다. 문제는 독단론이다.

독단론은 본성과 현상 양면兩面을 인정하여, 보이는 것(현상)이 다가 아니라고, 자기주장을 조금만 의심하게 되어도 흔

들릴 수 있다. 그래서 이 양면이 있음은 꼭 알아야 한다. 그래
야 좋은 세상이 된다.

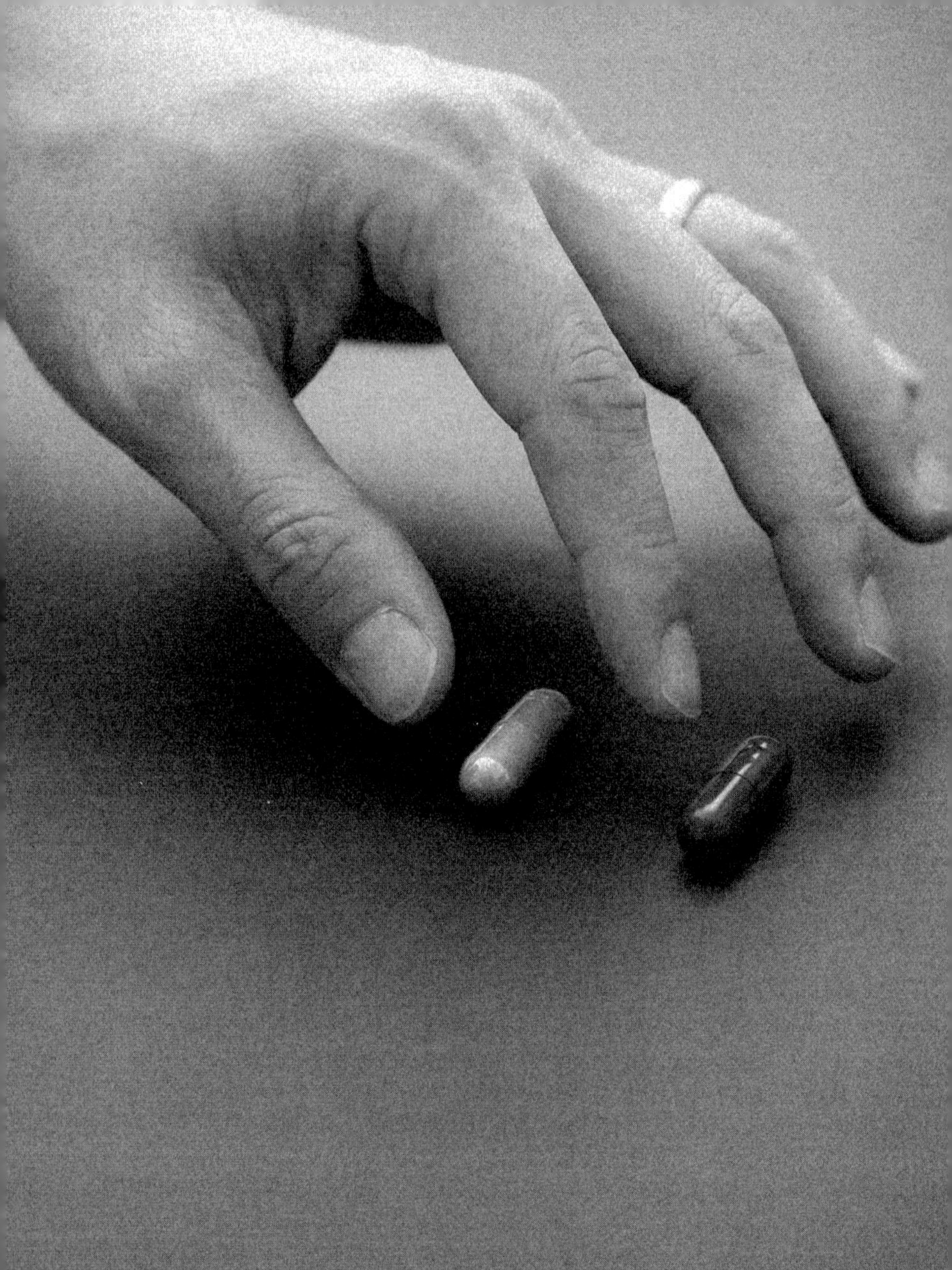

비 굿, 어떤 사람이 되어야 할까?

제2장. 빨간 약, 파란 약:
경계를 허무는 사유

———

빨간 약을 삼킨다는 건.

지금까지 믿어온 편안한 거짓들과 결별하는 고통을 수반한다.

종교와 서구 문명, 이념의 틀…

내가 굳이 이 딱딱한 주제들을 꺼내는 이유는 단 하나다.

정답이라고 믿는 것들에 의문을 던지지 않는 한,

우리는 결코 자유로울 수 없기 때문이다.

이 고리타분한 학문의 껍질을 깨고 나갈 때,

비로소 세상을 있는 그대로 볼 수 있는 눈이 열리리라 믿는다.

그리고 실상은 빨간 약, 파란 약이 중요한 것도 아니다.

집착 그 자체의 경계를 허무는 것이 필요할 뿐…….

'나'와 세상에 대한 이해 : 거울 속에 비친 진짜 나를 마주하기

1. '나'

세상에서 '나'보다 더 중요한 것은 없다. 세상을 사는 것도 '나'고 죽는 것도 '나'다. 그런데 이 '나'는 너무 당연하여 이렇다 저렇다 할 게 없다고 생각한다.

사람들은 평소에 '내 몸('나'의 몸)이 아프다.'라고 한다. 이처럼 무의식無意識 중에 몸과는 별개의 '나'가 있다고 믿는다. 그리고 그 '나'가 사는 삶이 중요하기 때문에 자기도 모르게 아집我執에 빠져든다. 그러면 좋은 삶은 물 건너가 버린다.

1) 하이데거의 '나'

하이데거Heidegger는 '나'에 대해 이렇게 말한다. '나'에는 특수한 독립적 개별자라는 의미의 '나' 즉 자아自我-Ich Selbst와 '나 자신' 즉 자기라는 존재를 의미하는 자기自己-Selbsten가 있다. 자기自己는 단지 행동을 일으키는 행위자의 주체일 뿐, 현상으로 드러난 자아自我도 아니고, 타인을 배제한 순수한 독립적인 자아도 아니다.

여기서 자기는 인간의 고유성으로서의 자신이다. 그러한 자기는 인간이라는 것만을 말할 뿐이다. 자기에는 김金 아무개라는 이름을 붙일 수 없다.

자기自己는 '나'의 본성이기에 형체가 보이지 않음으로 이름이 없지만 자아自我는 각각 다른 상相(현상)으로 나타나기에 이름이 있고 또 있어야만 한다. 자기自己는 초월적인 존재(본성)의 자기현시現示이다. 그렇기 때문에 자기는 자신과 타인이 서로 융통融通하는 존재이다. 이에 비해 자아自我는 자기의식의 산물產物이기 때문에 이기적利己的이고 고집스럽고 따라서 경직되고 뻣뻣하다. 자아는 이기심의 온상溫床으로 세상을 살면서 남들과 문제를 일으키는 것은 언제나 이 자아이다.

하이데거가 자아自我- Ich Selbst를 자기의식의 산물이라고 할 때 그 자아는 데카르트의 Cogito 즉 생각하는 '나'가 자신을 인식 대상으로 삼을 때 나타난 영상影像이다. 그 자아는 몸이라는 실체가 없다.

한 인간이 자신을 희생犧牲하는 것은 자아Ich Selbst를 버리는 것이다. 그것은 오히려 자기Selbsten를 고귀高貴하게 한다. 하이데거는 이에 대해 '만일 의식意識의 산물인 이 자아가 생기生起(본성)에 자리를 비워주면 그 순간 우리는 춤사위 속에서 움직이게 된다.'라고 한다.

자아는 늘 자신이 매우 중요한 '어떤 것'What이기를 소망한다. 그러나 나는 '어떤 것'이 아닐 때에만 전혀 속박되거나 제한되어 있지 않은 해방일 수 있다. 이때 나에게 영향력을 행사할 수 있는 어떤 내부와 외부도 존재하지 않기 때문에 나는 자유이다.

자아自我라는 관념은 의식에 의해 형성된 울타리, 철책이다. 이 관념, 의식이라는 울타리는 삶의 본질인 생생生生함을 우리로부터 차단시켜 딱딱하게 굳은 사유思惟에 묶이게 한다. 그런데 우리의 일상日常은 대부분 자기의식意識의 산물인 이 자아自我에 이끌리고 있다. 그렇다는 것을 아는 것, 그래서 그것을 항상 경계警戒해야 할 대상임을 아는 것이 좋은 삶의 첫걸음이다.

2) 불교에서의 '나'

불교에서는 세상의 모든 존재. 사물의 본성(성질)을 셋으로 나눈다. 이를 삼성설三性說이라 한다.

1. 사물의 본질 또는 궁극적 실상 (원성실성圓成實性)
2. 상호 의존적인 현상의 본성 (의타기성依他起性)
3. 착각, 오해로 만들어진 허상虛像 (변계소집성偏計所執性)

원성실성에 의한 '나'는 자기自己이다. 자기는 원성실성 즉 법성法性(본성)이 바깥으로 지향指向하여, 자신을 현시現示하는 개별적個別的 존재이다. 그 각각各各(개별적 존재)은 인간뿐 아니라 새, 꽃과 나무 등 개체個體이다. 자기는 다만 인간으로서의 고유성固有性을 의미할 뿐이다.

자기自己는 법성의 현시로서의 고유성(본성)이지만 자아自我는 자의식自意識이 만들어 낸 것으로 자기가 자기의 존재存在(있음)를 자가自家생산한다.

불교에서 자아自我는 두 가지가 있다. 하나는 변계소집성, 다른 하나는 의타기성에 의한 것이다. 이것이 불교 특유한 논리이다.

변계소집은 밧줄을 뱀으로 착각한다는 의미인데 그렇게 해서 생긴 뱀에 무슨 성품이 있겠나?

'육신肉身은 나의 영원한 동반자同伴者이다.'라 할 때 나와 몸은 별개이다. 몸을 떠나 있는 자아가 바로 변계소집에 의한 자아이다. 이에 비해 의타기성 즉 연기緣起에 의한 자아自我의 실체는 존재한다. 그러나 그 실체는 자가성自家性 즉 자립성, 독립성을 갖고 있지 않다. 스마트폰을 예로 들면 희귀稀貴 광물, 반도체 기술, 공장 노동력과 전력電力 등 많은 요소들이 서로 결합해서 스마트폰이라는 사물이 존재하게 된다. 이런 스마트폰에는 자가성自家性, 자기만의 성품이 없다.

불교에서는 연기에 의한, 자가성이 없는 실체를 허깨비, 환영幻影같다고 하여 그 존재를 부정否定한다. 그렇다고 스마트폰이 있다는 것을 부정하는 것은 아니다. 그 부정은 실체 자체를 부정이 아니라 그 실체가 별로 존재할 가치, 의미가 없다는 부정이다. 불교에서는 의미가 없는 것은 존재하지 않는 것과 같다. 그건 불교가 추구하는 대상이 물리적 세계가 아니라 세상이기 때문이다.

의타기성에 의한 자아는 몸(스마트폰)을 근거로 거기에 이름을 붙인 것이다. 그러나 변계소집성의 자아는 몸과 분리된 어떤 존재가 있다고 믿는 의식이 만든 것이다. 그 '몸과 분리된 어떤 존재'는 의식의 소산所産일 뿐 존재하지 않기 때문에 마치 토끼의 뿔이나 석녀石女의 아이와 같다.

불교에서는 인간의 자아가 없다고 한다. 즉 무아無我이다. 의타기성에 의한 자아의 부정은 법무아法無我, 변계소집에 의한 것은 인무아人無我라고 한다.

자아自我에 대해 '마하무드라'의 한 송頌에는

'본래 있는 것도 아닌데 스스로 나타난 대상으로 믿고

무명無明으로 인해 자기인식自己認識을 자아로 믿는……'

'있음'이 아니니 부처조차 그것을 본 적이 없고,

'없음'도 아니니 윤회와 열반의 근거이며…….

'있음도 아니니'는 인무아이고, '없음도 아니니'는 법무아이다.

불교에서 이렇게 자아의 부정에 지나칠 정도로 적극적인 것은 이 자아의식은 항상 '나'를 생각하고 '나'에 집착하는 아집我執의 근거이기 때문이다.

2. 세계와 세상 그리고 마음
1) 세계는 하나지만 세상은 수없이 많다

제 눈에 안경. 다른 사람들이 보기에는 별로여도 자신의 마음에 들면 좋게 보인다.

같은 여자지만 그 보는 눈들에 따라 그저 그런 여자도 되고 미인美人도 된다. 따로 미인은 없다. 재벌에게 천만 원이라는 돈의 의미와 구멍가게 주인의 그것은 다르다. 초등학교 때 크게 보이던 학교 건물이 10년 후에는 작게 느껴진다.

여자, 돈이나 학교 건물. 그런 고정固定되어 우리 앞에 놓여있는 객관적 대상들의 합계를 세계라고 한다면 세상은 그 세계를 보는 제각각의 마음의 눈이 형성하는 것들의 합이다. 따라서 세계는 하나지만 세상은 수없이 많다. 세계에 인간의 마음이 더해진 것이 세상이다.

세계는 물리적 실재로서의 존재자들이기에 고정적固定的이지만 세상은 그 대상이 마음과 갈라지지 않아 유동적流動的이다. 세상에 존재함이라 했을 때 그것은 그릇 속에 물이 담겨 있듯이 그렇게 고착固着된 방식이 아니라, 마음에 따라 시시각각 달라지는 유동성流動性 즉 흐름이다.

우리는 세계가 아니라 세상에 살고 있다. 세계에서는 지동설地動說이 진리이지만, 세상에서는 천동설天動說이 진리다.

2) 세상과 마음

2-1) 내(마음)가 세상을 만든다.

마음은 자신을 세상과 연결시켜주는 끈이며 세상을 가능케 하는 연원이다. 한 송이 들꽃은 시인詩人이 마음을 주어 비로소 그 의미를 갖게 된다. 시인의 마음이 없다면 그 들꽃은 자신의 의미를 현시顯示하지 못한다.

다시 말해 모든 존재하는 것들은 그 존재를 이해하는 마음 안에서만 그 존재의 의미를 갖는다. 세상에서는 의미가 없는 것은 존재하지 않는 것과 같다. 그러므로 마음이 모든 존재자(들꽃 등)를 있게 하는 연원淵源이다. 마음이 세상의 근원이다.

인간의 마음이 밖으로 향하고 있는 곳을 우리는 세상이라 부른다. 이를 불교 유식학唯識學에서는 견분見分으로서의 연려심緣慮心의 반연攀緣이 없으면 상분相分으로서의 세상이 성립하지 못한다고 한다.

요즘 말로 하면 우리의 마음은 항상 밖으로 향하여 외부와 관계를 갖고자하는 본성을 갖고 있다. 그것을 관심關心이라 하는데 관심이 세상의 근원이다. 세상은 그 관심이 만들어 낸 통일적 구조構造이다. 길에 핀 한 송이 이름 모를 들꽃에 마음을 열어 그 꽃과의 만남이 이루어지고 거기에 하나의 관계 맺음, 세상이 정립된다. 이처럼 세상은 기실其實 인간(마음)의 자기 모습의 재현이다.

하루는 이성계李成桂가 무학대사無學大師에게 "스님 얼굴이 돼지 같습니다."했더니 스님은 "제가 보기에 장군將軍은 부처님 같습니다." 그러면서 스님이 한 말 "돼지 눈에는 돼지만 보이고 부처 눈에는 부처만 보인답니다."

인간과 세상은 상호 간에 소가 닭 쳐다보듯이 그런 무심한 관계가 아니다. 세상을 묻는 것은 마음 곧 인간을 묻는 것이다. 세상과 마음(인간)은 하나이다. 사실 세상에 존재한다고 했을 때 그것은 인간 마음의 생기生起(어떤 일이 일어나는 것)와 같다.

2-2) 세상이 나를 만든다.

마음이 세상의 근원이라고 하지만 오히려 세상은 나보다 앞서 있다. 나는 세상에 태어났고, 그 세상에서 보고 배운다. 세상은 인간의 모든 경험적인 지각知覺을 가능케 해주는 곳이다. 나는 한국에서 태어났다. 내가 아프리카나 인도, 영국에서 태어났다면 지금 같은 내가 아닐 것이다.

세상은 우리가 탄생과 죽음 사이에 있으면서 승리와 패

배라는 드라마Drama에 울고 웃으면서 사는 곳이다. 또한 세상
은 우리가 그렇게 사는 동안, 우리의 마음이 모든 보이는 것들
에 의미를 주고 이해하면서 갖게 되는 모든 것들의 모습이다.

2-3) 세상을 어떻게 대할 것인가.

마음과 객관적 세계는 각각이 독립된 주객主客이 아니라
하나가 없으면 다른 하나도 성립할 수 없는 상관관계를 갖는
다. 세상은 관념론적觀念論的인 철학에서 생각하듯이 인간이 맡
아서 자신의 뜻대로 다루고 처리하는 대상으로서의 객관적 세
계가, 또한 인간 주관主觀의 시녀侍女로서의 세계도 아니다.

우리는 사물의 존재 방식을 양量, 질質, 관계關係 그리고 양태
樣態의 네 범주範疇로 나눈다. 세계는 질과 양에 대한 이해로도 되
지만 세상에서는 독립된 대상보다 서로간의 관계가 중요하다.

그런 세상을 이해하기 위해서는 세상을 대상화해서 내
앞에 세워놓고 심문審問하듯 해서는 안 된다. 세상에서는 '이것
은 이렇다. 저것은 저렇다.' 혹은 '좋다 나쁘다. 옳다 그르다.'
가 하는 이분법은 통하지 않는다. 아버지가 아들에게 자기 잣
대를 세워놓고 '너 그렇게 해서 뭐가 될래?' 그것은 아들과 소
통, 마음을 주고받는 길을 막는 것이다

세상을 이해하기 위해서는 그런 방식으로는 안 된다. 거
기에서는 묻고, 물어진 것이 서로 교응交應하는, 상호관계를 존
중하는 사유를 요구한다. 일방적으로 밀어붙이면 사회적으로
는 성공할 수는 있어도 자기 삶에서는 실패한다. 좋은 삶이 될
수 없다.

세상이 나를 만들었다. 세상은 우리의 마음보다 앞서 있다. 좀 어렵게 말하면, 인간은 세상으로부터 인간 자신을 포함한 존재자들의 의미를 획득하기에 세상은 선험적先驗的이다. 그러나 세상이 선험적이라 해서 인간의 삶이 그것에 한정된다는 의미는 아니다. 인간은 세상을 새롭게 구성해 나갈 수 있다. 인간은 이미 존재하는 세상에 던져진 존재이지만 사유思惟하는 능력을 가진 존재이기에 그 세상을 바꿀 수 있도록 기도企圖하는 자유를 갖는다.

현대는 우리가 살아가는 삶, 세상을 해석하는 근원지根源地가 마음이 아니라, 고정된 세계(과학적 세계)가 됨으로써 세계 현상이 하나의 굳건한 사물, 계량計量 가능한 것으로 변(해석)하게 된다. 세계 현상에 대한 그러한 이해는 인간 역시 사물처럼 대하게 한다. 인간을 사물처럼 대하게 되면 생명은 경시輕視되고 인간의 존엄성 역시 교실 안에서만 통하는 하나의 구어口語로 남게 된다. 세상에 이기적인 욕구와 자아의식만 남게 된다. 칸트가 인간을 수단으로 대하지 말라고 한 이유이다.

불교와 기독교: 다른 뿌리에서 피어난 같은 꽃

1. 불교

내가 불교를 좋아하는 이유는 그것이 철학적 종교로서 지성知性의 한계를 명확히 밝히면서도 그 지성을 버리지 않고 그것을 발판으로 깨달음에까지 이끈다는 점이다. 그러나 그 경지에 도달하는 것은 극히 어려워 성철스님 같은 몇 분에 그친다.

나는 선방禪房에 앉아서 성불成佛하려고 화두話頭를 들고 참선하는 그 많은 중들이 아만我慢의 극치에 이른 위선자僞善者로 보인다. 감히 성불을…….

인도를 방랑하는 중에 부처님이 법을 깨우친 부다가야. 그곳 사원에서 티베트 불교도들이 오체투지五體投地 하는 모습을 보았다. 그것은 하심下心이었다. '이거구나, 출구出口가' 하는 생각이 들었다.

1) 불교는 실제적(實際的)인 종교다.

불교의 공空-Sunya은 4차원 에너지의 모습을 그대로 표현한 것이다. 공空에는 덧붙일 아무것言語도 없다. 그것은 말로 표현할 수 없음을 표현한 것이다.

공은 허虛한 것이 아니라 본성本性이라는 무게도 없고 보이지도 않는 에너지가 충만充滿한 공空이다. 그렇게 하여 공은 사물을 있게 한다. 즉 공空이 세계의 근원이다.

불교 하면 공空, 출가出家가 떠오르기 때문에 어렵고 허무주의라고 오해할 수도 있다. 그러나 공空은 사물의 성품이 공空하다는 색성공色性空이지, 아무것도 없다는 공空, 색멸공色滅空이 아니다.

불교는 형이상학(본성)을 추구하지만 그곳에 머물지 않는다. 사실 불교만큼 실제적實際的인 종교는 없다. 독毒화살의 비유는 이를 말해주고 있다. 독화살을 맞아 고통받는 사람에게 필요한 것은 치료이지, 그 화살을 누가, 화살은 어떤 재질, 화살촉은 모양이 어떤지 등을 묻는 사변적思辨的인 해석이 아니다.

불교가 실제적이란 것은 삶에 있어 현실적이라는 의미다. 불교는 세상으로부터 나와出世間 다시 세상에 드는, 저잣거리에 손을 드리우는立廛垂手, 다른 말로 하면 상구보리上求菩提 하화중생下化衆生, '위로는 지혜를 구하고 아래로는 중생을 구한다.'를 지향하는 종교다. 그것이 보살菩薩로서의 삶이다. 그렇기에 자연인으로서의 붓다의 삶은 보살로서의 삶이었다.

'부처님이 도를 얻었을 때에 한량없고 심히 기쁜 선정과 해탈과 모든 삼매를 성취하여 청정한 즐거움이 생겼는데도, 이를 버리고 받지 않으면서 마을과 성읍城邑으로 들어가 갖가지 비유와 인연으로 설법하며 그 몸을 변화하여 한량없는 음성音聲으로 온갖 중생을 맞이하고 그들의 욕설과 비방을 참아내며 나아가 스스로 음악을 울리기도 하나니 이것은 모두 대자대비大慈大悲의 힘이다.'(용수 '대지도론')

2) 불교의 교리

불교의 교리敎理는 깨달음과 보살로서의 삶에 알아야 할, 그 길을 밝혀 주는 역할을 한다. 불교의 특징은 철학적 종교라는데 있다. 불교는 인도 문화에서 태어났고, 인도 문화에서 철학은 종교적 철학이고 종교는 철학적 종교이다. 따라서 그 교리는 철학哲學 더 나아가 최고의 철학이다.

우리는 철학은 어렵다는 선입견이 있다. 그러나 철학은 합리적, 논리적이어서 그 길을 따라가면, 특히 불교의 교리 역시 그 요체要諦만 알려면 그리 어려울 것도 없다. 불교에서 어려운 것은 교리가 아니라 실천, 수행이다. 불교가 최고의 철학이라고 한 것은, 불교철학에서의 앎이 수행과 결합된 앎이라는 것을 가리킨 것이다.

2-1) 근본불교와 유식학파(唯識學派)

유식학파는 근본불교에 인식론을 보완했다.

2-1-1) 삼법인(三法印)과 사성제(四聖諦)

삼법인은 세상에 대한 기본적인 해석으로, 세상은 흐름流動으로 항상 변變하고諸行無常, 변하는 것에 집착하기에 고통스럽고一切皆苦, 모든 것에는 실체가 없다諸法無我는 것이다.

사성제는 우리들 삶의 모습인 일체의 고통의 원인과 그부터 벗어나는 과정에 대한 설명이다. 삶은 고통스럽고苦聖諦, 고통의 원인은 무지無知와 탐욕貪慾에 따른 집착과 갈애渴愛에 있다執聖諦. 그 고통의 원인과 해결 방법을 아는 것이 멸성제滅聖諦, 그 고통을 없애는 방법을 실행하는 단계가 도성제道聖諦이다.

삼법인이 세상의 참모습을 표현한 것이라면 사성제는 세상을 살아가는 삶의 실상과 목표를 말한 것이다. 둘 모두 불교의 근본적인 진리이다. 불교의 교리는 세상과 삶에 대한 이러한 이해, 진리를 근거로 펼쳐진다.

2-1-2) 인식론(認識論)

유식학唯識學은 유심론唯心論이다. 유식학파의 인식론은 인간의 의식을 아라야식8識, 말라식7識과 육식6識으로 나눈다. 그리고 유식학에서 가장 중요한 식識은 아라야식이다.

아라야식은 한문漢文으로는 장식藏識(장은 저장한다는 의미다)으로 거기에는 우리가 살면서 한 경험, 의식들이 하나도 소멸하지 않고 쌓여 있다. 즉 마음心이다. 유식학의 식識은 아라야식이다. 그래서 유심론이다.

말라식은 아라야식을 자아自我라고 끈질기게 고집하는 의지意志이고, 육식은 그냥 의식意識이다. 그래서 이 셋을 심의식心意識이라고 한다. 그런데 말라야식은 육식보다 힘이 강해서 육식을 자기 방향으로 조정한다. 그것이 만든 것이 아집我執이다.

여기에 앞서 말한 삼성설三性說을 합하면 불교 유식학唯識學에서의 중요한 줄거리는 된다.

2-2) 중관학파

중관학파는 근본불교의 교리를 보다 심화시켜 대승불교의 교리를 완성시켰다. 불교의 진정한 핵심을 밝히는 것은 보살사상을 중시하는 대승大乘으로서의 중관中觀학파이다. 중관사상에서는 '모든 사물은 연기緣起하는 것이기 때문에 세속世俗에서는 환영幻影과 같은 것으로만 생기生起하지만, 승의勝義로서는 무자성이다. 따라서 세속에서는 비록 '환영 같은 것'이지만 무가 아니며 승의로서는 유가 아니기 때문에 유와 무, 어느 변邊에도 집착하지 않고 머물지 않는 중도中道이다.'라고 한다.

2-2-1) 연기(緣起) - 무자성

연기는 세상 만물이 어떤 방식을 따라서 존재하는가를 보여준다.

티베트의 큰 사원寺院 위에는 사슴 두 마리가 양쪽에서 수레바퀴를 감싸듯 보호하고 있다. 부처님이 처음으로 법法을 펼친 곳이 사슴들이 노는 녹야원鹿野院인데서 유래한 것이다.

불교의 수레바퀴法輪는 연기를 중심으로 돌아간다. 불교의 대표적 개념인 공空은 연기의 원리이고, 무자성無自性은 연기를 가능하게 해주는 사물에 대한 해석, 이치理致이다.

자성自性(자신의 성품)이 있어 그것을 고집하면 연기가 불가능하다. 연기緣起는 모든 것은 혼자 존재하는 것이 아니라 수많은 원인과 조건(인연)들이 서로 의지하고 연결되어 생겨나고 사라진다는 진리이다. 연기는 요즘 말로 하면 관계성關係性이다.

물은 H_2O다. 수소 원자 2개와 산소 원자 1개가 관계를 맺지 않으면 물이 안 된다. 세상도 마찬가지다. 자동차는 홀로 존재하는 것이 아니다. 거기에는 수많은 부품이 있어야 하고, 자동차 만드는 공장, 노동자들의 작업, 뿐만 아니라 석유산업과 도로道路 등이 관계되어 있다. 그 자동차와 연계된 것들이 모여 하나의 그물망網을 이룬다면 세상은 또 다른 그러한 그물망들의 총집합이라 할 수 있다.

무자성無自性은 자기의 고유한 본성이 없다는 것이다. 독毒도 잘 쓰면 약藥이 되고 약도 잘 못 쓰면 독이 된다. 그 약물에는 자성自性이 없다. 그래서 연기가 가능하다.

무자성은 모든 고통의 근원인 아집我執을 부정否定할 수 있게 하는 근거이다. 자기 본성이 없는 물체는 존재하기는 하되 허깨비 같은 존재다. 거기에 집착하는 것은 어리석다. 세속과 자아自我에 대한 집착이 고통의 근원이다. 하늘을 날아오르는 듯 춤추는 발레리나는 무대를 발끝으로만 딛고서 춘다.

연기라는 이름으로 설해진 경전은 매우 많으며 그 종류도 여러 가지가 있지만 그중에서도 열두 개의 항목으로 이루어진 십이연기十二緣起가 가장 대표적이다. 거기서는 연기의 모습을 무명無明, 행行, 식識, 명색名色, 육처六處, 촉觸, 수受, 애愛, 취取, 유有와 생生, 노사老死 등 열두 가지로 연결하여 설명한다.

십이연기는 무지無知로부터 노사老死라는 고통에 이르는 과정에 대한 설명이다. 그것을 역순歷巡으로 읽어, 그러니까 노사진老死盡(노사기 다함 없음)으로부터 무명진無明盡에 이르면 해탈解脫이 보인다.

2-2-2) 계정혜(戒靜慧)와 육바라밀(六波羅蜜)

불교에서는 고통으로부터 벗어나는 구체적 교리를 가르쳐주고 있다. 소승불교에서는 고苦의 원인을 탐욕, 성냄 그리고 어리석음, 즉 탐진치貪瞋痴 셋으로 보았다. 따라서 그것을 없애기 위해서는 각각 계·정·혜戒靜慧 즉 계율을 지키고, 마음을 고요히 가라앉히고, 지혜를 갖추기 이 셋을 그 대처對處로 세웠다.

이에 비해 대승불교에서는 여섯 바라밀六波羅蜜을 말한다. 산스크리트어 Paramita는 탁월卓越, 완성完成, 때로는 피안彼岸으로 번역되는데 곧 해탈에 이른다는 의미이다.

여섯 바라밀은 보시普施, 지계持戒, 인욕忍辱, 정진精進, 선정禪定
(Samatha. 止)과 반야般若(Vipassana. 觀)이다. 이는 소승불교
의 계·정·혜戒靜慧를 자비慈悲와 지혜知慧라는 대승大乘불교의 두 중
심기둥의 정신을 담아 탈바꿈시킨 것이다.

2-2-3) 중도(中道)

불교의 최고 원리는 중도中道이다. 이를 성철스님은 '중도
는 대승불교에서도 선종禪宗에서도 최고의 진리이다.'라고 하
시면서, 중도는 양 끝 가운데에 박아놓은 말뚝 같은 것이 아
니라고 하셨다. 인식대상이 아니라는 말이다.

초기 경전經典에서는 부처님께서는 '자아가 존재한다고
선언하셨다. 그분은 무아無我의 교리도 가르치셨다. 그분은 자
아도 없고 무아도 아니라고 가르치셨다.'고 한다. 중도中道를 말
씀하신 것이다.

중도사상의 가장 기본적인 형태는 있음有과 없음無, 생함
生과 멸함滅, 단견斷見과 상견常見 즐거움樂과 괴로움苦 등 상대적인
양 극단, 그것을 부정하는 것이다. 간단히 말해 이분법적 사고
의 부정否定이 중도이다.

불교에서 이분법적 사고의 부정否定은 본성과 현상을 둘
로 분별하는 것에 대한 부정이다. 반야심경般若心經에서는 이를
색불이공色不異空 공불이색空不異色 색즉시공色即是空 공즉시색空即是色
이라고 한다. 여기서 색은 현상이고 공空은 본성이다. 불일이
불이不一而不二는 중도를 단적으로 표현한 것이다. 중도를 깨닫는
것이 해탈이다.

현상세계는 모두 상대를 갖는다. 그러므로 현상세계를 이해, 설명하는데 이분법은 당연하다. 과학의 세계는 그것으로 된다. 그러나 그것은 본성을 잊고 현상세계만 본 것이다. 인간 존재에는 본성과 현상 양면이 있다. 그런 인간의 세상살이에는 이분법적二分法的 사고思考는 부정되어야 한다. 불교의 진리眞理는 세계(세계)가 아니라 세상世上의 진리이다.

승찬僧璨 스님은 "지극한 도道는 어렵지 않으니 다만 가려 택擇하는 것(분별)을 꺼릴 뿐이다."라고 한다.

2-2-4) 수행(修行)

수행은 종교 교리와 현실 세계를 연결시켜주는 핵심이다. 수행 없는 교리는 그냥 지식知識일 뿐이다.

『해오解悟-지성知性으로 깨달은 경지-는 수행의 시작점이다.』

불교에서 수행의 중심은 지止-Samatha와 관觀-vipassayana을 닦는 것이다. 그 목적은 깨달음의 지혜인 반야般若에 이르는 것이다. 즉 마음을 고요히 하여止 실상實像을 있는 그대로 관찰觀하여 반야에 이른다는 것이다.

지止와 관觀은 바람과 촛불과 같은 관계로, 촛불이 밝더라도 바람이 불면 대상을 분명히 볼 수 없게 되고 지止에 오래 머물면 관觀이 쇠퇴해지기 때문에 지와 관은 함께 닦아야 한다. 수행은 종교문화적인 관점에서 보면 서양 세계와 동양 세계를 구분해 주는 기준일 수 있다. 수행은 인본주의人本主義이기에 가능하다, 인간이 아무리 선행善行을 해도 천국에 들 수 없다는 기독교에서는 필요 없는 짓이다.

2-2-5) 보살(菩薩)

불교에서는 세속世俗을 허깨비 같고 신기루蜃氣樓 같다고 하고, 승의勝義(참 세계)를 무자성, 공空이라 하여 우리의 삶이 발붙일 곳이 없도록 일체를 부정한다. 그러나 이타행利他行을 지향하는 보살로서의 삶에서 그 길을 마련한다. 이타행利他行은 자비 정신의 발현인 보살행이다.

이타행은 너와 나, 모든 존재자가 차연差連(다르면서 연결되어 있음)의 관계라는 연기사상의 당연한 귀결이다. 보살행·보리심은 그것이 깨달음의 길에의 방편이라고 하지만 역으로 보살행, 보살의 삶 자체가 깨달음의 목적이기도 하다. 산 속에 잊혀진 고승高僧은 세상이 그를 버린 것이지 그가 세상을 버린 것이 아니다. 그는 세상을 버리는 것이 세상을 추종追從하는 것만큼 어리석다는 것을 안다.

사실 여기까지로 불교에 대한 이해로는 비록 겉핥기지만 '그냥 저냥' 정도는 된다.

2-2-6) 화엄사상

중국 문화에서 대승불교는 화엄사상華嚴思想을 거쳐 선종禪宗에게 자리를 내주었다. 화엄사상을 대성大成한 지엄智嚴은 연기緣起에 대해 '수현기' '일승십현문一乘十玄門'에서 진실자체法性가 현현하는 모든 실천 그리고 모든 존재의 한없는 활동의 연관聯關이라 한다.

연기는 진실 자체^{法性}가 현현^{顯現}하는 실천^{實踐}으로, 연기를 밝히면 이^{理-空}와 사^{事-色}, 그리고 자체인^{自體因-法性}과 과^{果-諸法}가 다르지 않다는 것^{空即是色}이 드러난다. 십현문^{十玄門}은 그에 대한 해명이다.

일승십현문의 첫 머리인 동시구족상응문^{同時具足相應門}은 하나 안에 일체가 구비^{具備}되어 있고^{一即一切}, 일체가 하나를 구비하고 있다^{一切即一}는 뜻이다. 이는 이^理와 사^事, 인^因과 과^果가 동시에 갖추어져 있다는 의미로 십현문 전체의 뜻을 함축하고 있다.

그다음 비밀은 현구성문^{秘密隱現俱成門}, 제법상즉자재문^(諸法相即自在門), 인다라망경계문^{因陀羅網境界門}, 제장순잡구덕문^{諸藏純雜具德門}, 탁사현법생해문^(託事顯法生解門) 등 10개의 문을 설정한다. 탁사현법은 하이데거가 말한 '존재^{存在}는 존재자^{存在者}의 근거^{根據}'임을 가장 직접적으로 표현한 것이다.

십현문은 한 떨기의 장미꽃을 보고 장엄^{莊嚴}한 우주의 신비^{神秘}(법성의 자기 현시)를 알아챈 것과 같다. 그것은 마음 안에서 일어난 것이다. 십현문은 물론 근거 없는 말이 아니고 이해를 돕기 위해 자세하게 설명한 것이다.

그러나 그 보이지 않는 마음을 복잡^{複雜}하고 난해^{難解}하게 설명함으로써 오히려 본래의 진실성^{眞實性}은 빛을 잃었다. 사실 자세하면 자세할수록 거기에는 거짓이 섞여들 소지^{素地}가 있다. 선종^{禪宗}의 참선^{參禪}은 이러한 번잡한 언어^{言語}를 넘어 곧바로 견성^{見性}하려는 것이다.

2. 기독교

나는 기독교를 싫어한다.

내가 다니던 대학교는 기독교 계통系統 학교라서 교양강좌로 기독교 교리 강의가 있다. 그 첫 시간이다. 하나님이 아브라함에게 아들인 이삭을 제물祭物로 바치라고 요구하고 그래서 아브라함은 이삭을 죽이려고 준비했다. 그걸로 내게 기독교는 상대 못할 상대-종교라고 부르기도 싫은-가 되었다.

그 이후에 하나님이 마음이 바뀌어 제물을 양¥으로 대체했지만 그건 아무런 의미도 없다. 아브라함은 제 신앙이라 그렇다고 쳐도 이삭은 왜, 무엇인가? 자기 자식을 죽이라고 강요하는 하나님이나 그걸 따르려는 아브라함이나 꼴도 보기 싫었다. 내가 좋아하는 성경聖經 구절은 '마음이 가난한 이는 복이 있나니 천국이 저희의 것이다.'(마태복음 5장 3절)이다. 이런 가르침만 따르면 다시 천국 가기 위해 신앙생활을 해야 할 필요도 없다.

동양문명권에서 유독 기독교가 성공한 나라는 우리나라뿐이다. 기독교 God(야훼, YHWH-유태의 민족 신)을 일본에서는 카미Kami라고 번역했는데 이는 일본 전통종교인 신도神道에서 다양한 신(8백만의 신)을 가리키는 용어이다. 중국 가톨릭에서는 천주天主, 중국 개신교에서는 상제上帝이다.

그 신神을 우리나라에서는 '하나님'이라고 번역하였다. 우리에게는 전통적으로 하늘天로서의 '하느님'이 마음에서 마음으로 전해 내려와 생활 감성感性에 녹아들어 있다. 우리는 돌부리에 걸려 넘어지면서도 '아이쿠! 하느님'한다. 기독교의 '하나님'은 사람들을 '하느님'으로 혼동混同시켰다. 이것이 우리나라에서 기독교가 성공한 이유 중에 하나이다.

1) 기독교는 믿음의 종교이다.

기독교를 믿기 위해서는 먼저 두 가지를 인정해야 한다. 하나는 예수의 어머니 마리아가 처녀의 몸으로 예수를 낳았다는 것이고, 다른 하나는 그 예수가 부활復活했다는 것이다.

그러나 예수는 실존적實存的 인물이다. 서양역사는 B.C. 그리고 A.D. 즉 Before Christ와 Anno Domini(주主의 해의 라틴어)라는 예수가 세상에 탄생한 해를 기준으로 편찬編纂되고 있다. 그런 역사적으로 실존한 예수의 부활을 믿으라는 것이다.

기독교 철학자인 어거스틴Augustine이나 토마스 아퀴나스Thomas Aquinas 모두 '이해하기 위해 믿는다.'는 신앙 우선주의를 주장한다. 신앙이 이성을 앞에서 가로막고 있기에 사실상 철학은 길이 막혀있다.

기독교 신학神學은 철학이 아니다. 철학의 본질은 묻는 것에 있다. 그러나 신학은 묻지 않고 답答할 뿐이다. 철학은 모든 사유思惟 가능한 것들에 대해 문門이 열려있지만 신학에는 그 문門이 닫혀있다.

철학적인 사유는 물음이 샘솟는 사유이다. 그러나 기독교 신학神學에는 분명한 답이 정해져 있고 그것을 진리로서 강요한다. 철학에서 틀린 것은 없다. 다만 사유思惟의 깊음/얕음,

높음/낮음, 넓음/좁음이라는 정도의 차이가 있을 뿐이다.

2) 기독교 신(神)의 특성

기독교 신神은 현상세계를 창조創造 즉 존재하게 했다는 의미에서는 칸트의 물자체物自體, 하이데거의 존재存在이고 중국 철학의 자연自然, 불교의 법성法性과 상통한다. 이들은 초감성적超感性的 존재다.

기독교에서는 초감성적超感性的인 세계와 현실 세계를 엄격하게 구별한다. 즉 지배와 복종의 관계로 구분한다. 신神은 초감성적인 세계를 대표하는 존재다. 그 신神은 세계를 창조했을 뿐 아니라 현실 세계에 의미를 부여하고 지배한다. 인간을 포함한 모든 존재자는 그로부터 생명을 빚졌을 뿐 아니라 삶의 의미意味 역시 그로부터 주어진 것이다. 인간의 삶은 신神에 헌신獻身할 때만 그 의미를 갖는다.

2-1) 신(神)의 보편성과 개별성

천지를 창조한 신神은 보편적 존재로 자신이 창조한 모든 인간뿐 아니라 존재하는 모든 것들을 평등平等하게 보살피고 사랑해야 한다. 그래야 유일무이唯一無二한 보편적 존재다. 그러나 기독교 신神 야훼는 민족 신神이라는 상대적 존재다. 다른 민족에게도 그들만의 신神이 있었다. 따라서 야훼는 천지를 창조한 신神이 되어서는 안 되는 존재다.

천지를 창조한 신神은 보편적 존재이지만 민족 신은 개별적 존재다. 둘은 각기 정당성을 갖지만 다른 차원次元에 속한다. 하나는 초감성적^{超感性}인 세계를, 다른 하나는 살아 숨쉬며 느끼는 개개의 현실적 세계(민족)을 관장^{管掌}한다.

초감성적 세계는 유일무이^{唯一無二} 즉 하나다. 그러나 현실 세계는 여러 민족 즉 개별적 존재들의 합^合이다.

이는 보편성과 개별성의 문제다. 개별성은 아무리 많이 모아도 보편성 즉 하나가 될 수 없다.

루소의 일반의사^{一般意思}는 보편성을 갖는다. 루소는 "일반 의사"를 설명하며 국민 다수는 물론 국민 전체의 의사도 아니라고 한다. 그런 보편성 때문에 평등^{平等}을 외치는 프랑스 대혁명에서 강력한 힘을 발휘할 수 있었다. 야훼는 개별성과 보편성을 동시에 갖는, 민족 신^神이 천지를 창조했다는 모순^{矛盾}을 안고 있다.

3) 기독교는 지배 복종의 종교다.

기독교에서 신^神의 인간에 대한 절대 지배의 근거는 원죄사상과 구원^{救援}에 대한 언약^{言約}이다. 구약^{舊約}은 하나님께서 우상^{偶像}과 악^惡의 세력을 정복하고 자기 백성을 구원하여 약속의 땅으로 인도하는 이야기이다. 그것은 이스라엘 역사에 주관적 체험과 감정이 포함된 신앙적^{信仰的} 해석이다. 신^神은 직접 말하지 않는다. 그것은 인간의 해석일 뿐이다.

그 구약의 아담이 선악과를 따먹은 것을 빌미로 기독교는 인간에게 원죄^{原罪}라는 굴레를 씌운다. 그 원죄가 신^神이 인간에게 절대 복종을 요구할 수 있는 근거의 하나다. 그러나 이슬람교에서도 구약은 공유하지만 원죄사상은 없다.

신神이 아담의 죄罪를 용서하였기에 그 죄는 후손에게 이어지지 않는다. 그들은 오히려 인간의 순수純粹한 본성Fitrah을 믿는다. 기독교는 성악설性惡說, 이슬람교는 성선설性善說이다.

다른 하나는 야훼와 이스라엘 민족 사이의 언약言約이다. 그 언약은 이스라엘 민족은 에훼에게 복종(야훼만을 유일신으로 섬김)하고 그 대가로 구원救援(이스라엘 민족을 선민選民으로 삼음)을 약속받은 것이다. 이 언약言約이 절대 복종의 근거다. 이를 근거로 유대인들은 스스로를 소위 선민選民으로 자부自負한다.

기독교의 모든 관계는 지배와 복종뿐이다. 그것은 원죄나 언약에 따른 것뿐 아니라, 현실적으로 유대인들 자신의 역사적 삶 역시 그러하였다. 유대인(이스라엘 민족)들의 역사는 노예로서의 역사이다. 노예에게는 모든 관계가 지배와 복종만 있을 뿐 평등은 부수적이다.

하나님에 대한 복종, 신앙 없이는 천국의 문門은 열리지 않는다. 그 복종과 신앙은 절대적이다. 인간은 어떠한 선행善行, 자기 희생을 해도 그것은 별로 도움이 되지 못한다. 인간은 다만 하느님의 구원을 언제까지나 인내忍耐하며 기도祈禱하고 갈구渴求해야 한다.

기독교 하나님(야훼)은 의심이 많아 시험을 통해서 꼭 자기에게 복종하는지를 확인한다. 하나님은 아브라함에게 이들 이삭을 제물로 바치라고 명령한다. 또한 아무런 죄도 짓지 않은 욥에게는 끔찍한 시련과 고통을 준다. 그 배경에는 욥은 원죄를 지은 죄인이기에 그런 죄인을 구원救援하기 위해서는 시험이 필요하다는 것이다.

또한 야훼는 그만을 유일신으로 섬기는 이스라엘 민족을 대신해서 싸우는 싸움꾼이다. 그래서 '살아 숨 쉬는 모든 것(상대 인간과 우상)을 진멸盡滅 죽여 없애버려라.'(신명기 20장)고 한다. 또한 모세가 십계명을 받아 내려왔을 때 야훼는 우상偶像으로 금송아지를 만들었다는 이유로 수천數千 명을 죽였다. 그것은 민족 신神이라는 상대적 존재神로서는 할 수 있는 일이다. 그러나 천지를 창조한 보편적 신神의 성품性品은 그래서는 안 된다. 신神의 성품은 인간이 믿고 따라야 할 본本이다. 유대교와 기독교의 차이는 유대교는 구약舊約만 믿고 아직도 메시아를 기다리고 있는데 있다.

4) 기독교의 변신(變身)

예수에 의해 기독교의 성격은 민족 대신 믿음 중심으로 바뀌면서 인류 전체로 확대되었다. 기독교는 바울에 의해 새롭게 태어났다. 그러나 기독교의 성격이 구약으로부터 탈피脫皮하였다는 것은 아니다.

바울이 없었다면 예수도 없다. 그것은 불교의 붓다와 가섭, 서양철학의 소크라테스와 플라톤의 관계와 유사類似하다. 뒤의 사람들은 앞의 성인聖人들의 성품을 이해하고 그들의 언행言行을 해석하고 체계화함으로써 성인聖人의 가르침을 살아남게 하였다.

가섭은 인도 라자그라하의 1차 결집結集 등 결집들, 플라톤은 그의 저서 '대화편對話篇'을 통하여 그 일들을 했다. 바울은 이신칭의以信稱義(믿음으로서 의로운 사람이라는 칭함을 얻는 다.)라는 교리를 세움으로써 그렇게 하였다.

이신칭의의 의미는 '인간의 행위나 율법의 준수가 아니라 예수 그리스도를 믿는 믿음을 통해 하나님께 의롭다 인정을 받고 구원을 얻는다.'는 것이다.

이신칭의의 중요한 논지論旨 중 하나는 예수를 그리스도救世主라 함으로서 예수는 신神의 경지, 신이 되었다는 것이다. 하드리아누스 황제A.D. 76-138가 묻는다. '그 현명한 젊은이는 어떻게 되었나?' ('하드리아누스 황제의 회상록') 그는 예수가 신神이 된 것을 몰랐다. 삼위일체三位一體는 예수가 신神이 되었음을 정당화하기 위해 만든 논리이다. 삼위일체에서 야훼는 성부聖父가 되었고 예수는 성자聖子다. 그리고 성령聖靈은 신神의 이성理性으로 행동책行動責이다. 인간 삶에 관여하는 것은 항상 성령의 이름으로 한다.

신이 힘을 갖는다는 것은 그 속성상屬性上 당연하다. 그러나 신神이 인간 생활에 관여關與하는 정도, 얼마만큼 영향력을 행사하는 가에 대해 한 생각에는 차이가 있다.

중국 철학에서는 하느님天은 황제의 횡포橫暴에 대해 장마나 오랜 가뭄 혹서酷暑나 혹한酷寒으로 응징하지만 민심民心이 천심天心이라 해서 인간존재를 긍정적으로 이해하였다. 그러나 기독교 하나님은 성령의 이름으로 온갖 잡사雜事에 관여한다. 세세細細한 일상생활에 관여하면 할수록 그건 거짓, 인간이 꾸며낸 것일 가능성이 높다.

성경에는 '나더러 주여 주여! 하는 자마다 다 천국에 들어 갈 것이 아니요 다만 하늘에 계신 내 아버지의 뜻대로 행하는 자라야 들어가리라.'(마태복음 7장 21절). '그러므로 누구든지 나의 이 말을 듣고 행하는 자는 그 집을 반석 위에 지은 지혜로운 사람 같으리니.'(마태복음 24절)라 한다.

'하늘에 계신 내 아버지의 뜻'은 진리眞理이다. 그 진리는 모든 종교나 철학이 지향하는 절대적 진리이다. 그 진리를 믿고 따르면 지혜로운 사람이 된다는 것이다. 기독교에서 진리를 알게 하는 것은 성령聖靈이지 인간 이성이 아니다. 성령이 인간 이성보다 우위인 것은 분명하다. 절대적 진리(본성)를 이해할 수 있는 이성은 보통 이성이 아니다. 서양철학에서 이성을 대변하는 칸트 차도 '물자체는 모른다.'고 했다.

불교에서 진리, 법성(본성)은 수행에 의해 얻을 수 있는 경지依道理修行可得이다. 반야般若는 수행을 통해 얻는 이성, 지혜이다. 성령은 바로 그 지혜, 반야이다.

그런데 기독교에서는 성령을 믿는 자에게 주어지는 선물膳物이라고 한다(사도행전. 2장 38절). 믿음을 통해 얻어지는 지혜이다. 믿기만 하면 주어지는 성령은 그 수많은 믿는 자들에게도 모두 주어진다. 그래서 그들은 오만傲慢하다. 길이나 전철 안에서 팻말을 들고 '예수를 믿으시오'라고 외치는-우리가 보기에는 미친 짓 같은- 것은 자신에게는 성령性靈이 임臨했다는, 그래서 영적靈的으로 우월하다는 오만 때문이다.

이신칭의以信稱義의 중요한 의의意義 중 다른 하나는 유대인뿐 아니라 이방인도 믿음을 통해 구원의 길이 열린 것이다. 그것은 예수라는 인간이 신神, 성자聖子가 되면서 민족 신神 야훼는 성부聖父가 되어 한발 뒤로 물러섰기 때문이다. 사실 이제 야훼는 뒤로 물러서야 했다.

그렇게 하여 구약舊約에서 전해 내려온 유월절踰越節의 양羊의 피가 갖는 상징은 예수의 보혈寶血로 이어졌다. 보혈은 예수가 십자가에 못 박힐 때 흘린 피로 모든 인간의 죄를 대속代贖했다는 의미를 갖는다.

결과적으로 이신칭의의 논리에 따라 구원의 조건, 열쇠가 민족 대신에 믿음으로 옮겨졌다. 이제 구원은 '유대민족이냐 아니냐'가 아니라 '믿는 자信者냐 안 믿는 자不信者냐'가 기준이 되었다. 우리는 그런 구분을 이분법二分法이라고 한다. 지배와 복종이라는 구약舊約의 정신은 아직도 살아 있다.

기독교와 근대 서양문명: 서구적 사유의 틀을 분석하다

1. 이분법(二分法)적 사고(思考)

유일신唯一神은 배타적 성격을 갖는다. 예수가 기독교 신神을 인류 전체로 확대하여 민족이라는 한계를 넘어섰다고 해서 그 배타적 성격까지 바뀐 것은 아니다. 배타적이란 이분법에 따라 자기와 반대되는 자를 배척한다는 의미다.

중세中世가 끝났다고 하여 서양인들의 삶과 사유思惟가 기독교의 영향으로부터 벗어난 것은 아니다. 천년千年을 이어온 신앙생활은 심성心性 깊은 곳에 자리하여, 인간과 자연 간의 관계에 대한 이해는 여전如前하였다.

인류 문명에서 기독교의 문제는 모든 관계, 자연뿐 아니라 사회관계를 오직 지배와 복종 둘로만 이해하고 있다는 점이다. 막스 베버에 따르면 Jew(유대인)은 노예라는 일반 명사였다고 한다. 노예에게는 지배와 복종 외에 다른 관계는 부수적이다.

기독교 구약舊約 창세기創世記에는 신의 세계 창조와 함께 '하나님이 이르시되 우리의 형상을 따라 사람을 만들고 그들로 하여금 바다의 물고기와 하늘의 새와 가축과 온 땅과 땅에 기는 모든 것을 다스리게 하자 하시고(창세기 1장 26절)'라고 한다. 이는 신神과 인간, 인간과 자연 사물과의 관계를 각각 지배와 복종관계로 규정한 것이다. 다시 말해 인간과 자연은 분리되고 인간은 자연을 지배하도록 규정되어 있다는 의미이다.

내가 티베트를 여행하던 중에 본 한 티베트인의 마음이다. '계곡에는 산에서 내려오는 물이 콸콸 흐르고 그 위로 갈매기들이 많이 날고 있다. 운전기사 암도가 그런 계곡의 건널목에 차를 세운다. 그리고 지나다니는 차바퀴에 파여 넓은 웅덩이가 된 곳에 돌을 주어 던진다. 그곳에는 팔뚝만 한 물고기들이 있어 갈매기들을 쫓고 있다. 그는 트럭 바퀴에 물고기가 깔릴까 걱정한다.'

인간은 자연을 지배하는 게 아니라 자연과 공존共存한다. 그게 인간의 삶이다. 오히려 인간은 자연에 감사면서 살아야 한다.

데카르트는 서양 근대문명을 개시한 철학자이다. 우리

는 아직도 그의 영향권에서 한 발도 벗어나지 못하고 있다. 오히려 그의 철학이 가리키는 방향을 향해 줄달음치고 있다. 그는 존재자를 사유思惟하는 사물res cogitans(인간, 영혼)과 연장延張을 갖는 사물res extensae(단순히 공간을 점유占有하는)로 나눈다.

여기 자연을 '연장을 갖는 사물'로 정의한 것이야말로 자연을 지배하기 위해 그것(자연)을 인간 의식意識에 의해 획일적으로 재구성再構成하려는 첫 걸음이다. 이제 산, 강 등 자연 그리고 자연에 공존하고 있는 모든 생명체는 인간의 필요에 따라 언제든지 소모消耗, 그것도 효과적으로 소모시킬 수 있는 대상이 된다.

그는 '자연을 단순히 공간을 점유하는 사물로 생각하는, 우리의 인식하는 방식은 장인匠人들이 대상을 재고 다는 것과 마찬가지로 정확할 것이다. 따라서 우리는 '이러한 인식'을 모든 목적을 위하여 사용할 수 있을 것이며, 이렇게 하여 우리는 자연의 지배자이자 소유자가 될 것이다.'라고 한다.

여기서 '이러한 인식'은 수학적 인식이다. 다시 말해 수학을 통해 인간은 자연을 이제까지와는 다르게 가장 효과적으로 지배, 소유할 수 있다는 것이다.

2. 수학(數學)

수학은 대표적인 이분법이다. 옳고 그름 두 가지뿐, 옳기도 하고 그르기도 한 제 삼의 것은 없다. 현대 문명을 완전히 지배하고 있는 컴퓨터의 기초, 근본은 이분법이다.

수학에서는 피타고라스가 말했듯이 자연의 본질은 궁극

적으로 수리數理이고 자연 현상은 수의 배열로 이해한다. 따라서 수학은 자연 과정을 이해하는 열쇠이다.

수학은 순수純粹한 사유思惟이며 진리임을 스스로 증명한다. 그 진리는 1+1=2처럼 신神이라 해도 그것을 바꿀 수 없는 절대적인 것이다. 물리학物理學은 수학을 근거로 한다. 따라서 자연 사물을 이해, 해석하는 물리학이 찾아내는 진리의 형태는 수학적, 즉 수리數理로서 표현된다. 그리고 그 물리학적 진리는 논증論證이 가능한 것이다.

인간은 진리를 믿고 추종한다. 자연 사물의 진리가 수학적 진리기 때문에 우리는 그 수학에 따르는 인식을 통해 자연 사물을 이해해야 한다. 그것은 자연 사물들을 수학적으로 양화量化 즉 계량화計量化함으로써 사물의 진리를 얻을 수 있다는 의미이다. 자연 사물이 계량화를 통해 그 본질을 이해하게 됨으로써 우리는 쉽게 계산을 통해 그것들을 지배할 수 있는 길이 열린 것이다. 장인匠人들은 우선 대상을 길이를 재고 무게를 단다. 계량화란 그런 것이다.

수학적 계산計算은 대상을 구석구석 지배하기 위해 즉 모든 영역을 확실하게 소유하기 위한 방법이다. 그것이 현대 과학 기술의 근거이다. 데카르트의 생각은 현대 사회에서 그대로 실현되고 있다. 이러한 생각은 인간을 모든 것을 기계적으로 철저히 계산하는 새로운 인간 형태로 변화시킨다. 그리고 그러한 방식으로 인간의 본질이 변화됨으로써 계산計算될 수없는 것 이를테면 인간의 미덕美德, 겸손謙遜, 꿈과 낭만浪漫, 애련哀戀한 사랑은 의미를 잃는다.

　기독교가 가르치는 대로 인간이 지상地上의 모든 존재자를 지배하도록 규정되면서 이제 자연은 단순한 사물이 되어 그것들이 갖는 본래의 의미, 가치가 무시된다. 산, 강, 호랑이와 물고기 등 모든 존재자가 인간의 생존을 위한 필요에서뿐 아니라 놀이의 대상이 된다.

　세계의 최고봉인 에베레스트를 티베트 사람들은 '초모랑마'라고 하는데 초모는 여신女神, 랑마는 '세계'가 합쳐진 말로 이 산은 여신이 사는 신성한 곳으로 여겼다. 자연이 인간의 지배 대상이 되면서 사람들에게 산山도 정복征服하려는 욕구, 그 욕구를 만족시켜 주는 대상이 되었다. 산의 정상에 오르는 것을 그들은 산을 정복한다고 하는데 산의 입장에서는 참 가소로울 것이다. 개나 소나 서로 뽐내려고 경쟁적으로 에베레스트를 오르면서 이제 여신이 사는 신성한 곳은 쓰레기장場이 돼 버렸다. 인간의 삶에서 성聖스러움이 사라지면 세상은 삭막하고 의미 없는 곳이 되어 버린다. 아무것도 소중한 것이 없는 삶에는 무기력無氣力하거나 미쳐 날뛰는 둘 중의 하나밖에 없다.

　이제 자연은 피폐疲弊해지고 많은 생명체生命體들이 멸종滅種의 위협을 받고 있다. 그렇게 하여 인간은 지구地球에서 제일 악惡하고, 제일 먼저 추방追放당해도 싼 존재가 되어 버렸다.

3. 허무주의(虛無主義)

　한 나그네가 광야曠野를 지나다가 사자獅子가 덤벼들어 물이 없는 웅덩이 우물로 몸을 피했다. 그런데 그 우물 바닥에는 큰 독사毒蛇가 입을 벌리고 있었다. 그는 이러지도 저러지도 못하고 돌 틈에서 자란 관목灌木 가지를 붙들고 매달려있는데 위를 쳐다보니 흰 쥐와 검은 쥐가 차례로 나뭇가지를 쏠고 있다. 그런 상황에서 그는 나뭇잎에 흐르는 몇 방울 꿀을 핥으며 그 동안 자신의 처지를 잊는다. -톨스토이 참회록

내가 이 세상에 태어난 것은 내가 원願해서가 아니다. 그냥 우연히 그렇게 된 것뿐이다. 그러니 목적目的 같은 것이 있을 리 없다. 목적이 없다는 것은 의미가 없다는 것과 통하고 우리는 그것을 허무虛無하다고 한다. 그걸 철학에서는 허무주의라고 한다.

1) 개념적 이해

니힐리즘nihilism이라는 말은 러시아의 문호文豪 투르게네프 Ivan Turgenev 1818-1883에 의해서 널리 유행되었다. 니힐nihil은 라틴어로의 무無 nichts에서 나온 말이다. 그는 니힐리즘을 '직접적으로 경험될 수 있는 존재자만이 존재하며 그 이외의 것은 존재하지 않는다.'는 의미로 사용하였다. 기독교 신神은 초감성적超感性的(경험될 수 없는)인 것으로 해석되는 것들을 대표하는 존재다. 결국 투르게네프가 말한 니힐리즘은 신神이 존재하지 않는다는 것이다.

니체Nietzsche 1844-1900는 이를 '신神은 죽었다.'고 선언宣言하였고 서구西歐 철학사의 새로운 장(場)을 연 것으로 평가 된다.

그러나 니체의 '신神은 죽었다.'는 선언宣言은 니체 자신만의 것이 아니라, 데카르트 이후 장기간에 걸쳐서 일어난 사건이다.

서양에서 기독교 신은 존재자 전체 위에 군림하면서, 존재자 전체에게 목적과 질서, 다시 말해 의미를 부여하는 존재로 이상理想과 목표, 가치를 대표하는 명칭이다. 이때 신神, 초감성적인 세계는 감성적인 지상地上 세계에 대해서 의미를 부여하는 참된 세계로 여겨진다.

그러나 인간의 이성理性이 초월적인 참된 세계라는 것이 단지 심리적 욕구에 의해 만들어진 한낱 소망所望의 대상임을 꿰뚫어 보았을 때 그러한 초감성적인 참된 세계는 몰락한다. 그리고 이로부터 니힐리즘은 불가피한 결과로 등장한다. 신神의 죽음에 따른 초감성적인 참된 세계가 몰락한 그때 생성生成의 세계(현실 세계)는 오히려 유일한 본래적이고 하나뿐인 참된 세계로 드러난다.

니체는 이러한 역사적 현상에 대한 자각自覺에서 다음과 같이 주장한다.

'우리가 실재實在하는 사물과 공상空想의 사물에 대여貸與했던 모든 아름다움과 고상高尚함을 나는 인간의 소유와 산물産物로서, 인간에게 반환할 것을 요구한다. 인간이 그것을 창조한 자라는 사실을 자신에게 숨긴 것은 그에게 사심邪心이 전혀 없었기 때문이다.'

그러나 이 말은 신神으로부터 인간의 해방이라는 환희에 찬 선언이 아니었다. 그는 '니힐리즘이 문 앞에 서 있다. 모든 방문객들 중에서 가장 불길한 이 방문객은 어디에서 왔는가?'라고 한다.

2) 허무주의에 맞서기

니힐리즘 즉 초감성적인 세계를 부정한 상태에서 인간은 자기들 삶의 가치價値를 생성生成의 세계(현실 세계)로부터 획득하여야 한다. 다시 말해 인간은 삶의 가치를 스스로 만들어야 한다. 그러면 가치란 무엇인가? 가치란 우리가 중요한 것으로 평가하는 것, 긴요緊要한 것, 궁극적으로 문제가 되는 것을 말한다. 그리고 가치 있는 것이 곧 의미 있는 것이다. 가치와 의미는 같은 말이다.

인간은 자신의 삶이 가치(의미)가 없다고 생각될 때 환멸幻滅을 느껴 자살自殺 충동까지 생기기도 한다. 환멸은 무언가를 할 의지를 상실喪失하게 한다. 의지의 상실은 공허空虛함을 가져오고 그 공허는 공포심恐怖心을 일으킨다. 이것이 동물과 다른 점이기도 하다. 동물들은 의미 같은 건 따지지도 묻지도 않는다. 어쩌면 그렇게 고민苦悶하는 것이 사람이 사람다운 이유인지도 모른다.

우리는 세상에서 성공成功하는 것을 가치라고 믿기에 힘든 일에 자신을 밀어 넣는다. 그리고 그 성공은 강박관념强拍觀念이 되어 그에게 조금도 쉴 여유를 주지 않는다. 힘들어 쓰러질 때까지 그 성공에 매달린다. 그러나 그 성공은 공허를 채워주지 못한다. 그 성공은 대중大衆의 요구에 부응副應한 것일 뿐 궁극적 문제를 해결해준 것이 아니다.

우리는 그 공허감을 채우기 위해 자신의 삶이 믿고 의지할 어떤 존재를 가설假設한다. 그러나 그것은 심리적 요구에 의한 가설일 뿐 실재하지 않는다. 우리 밖에 우리의 삶을 의탁依

託할 수 있을 만한 그 어떤 것은 없다. 이제 가치는 우리 안에서 찾아야 한다.

우리에게 가장 중요하고 궁극적인 것 즉 가치는 우리 생명生命 자체를 유지維持, 고양高揚시키는 일이다. 그것 외에는 없다. 생명을 유지시키기 위해서는 먹고살아야 한다. 그만큼 생활은 중요하다. 그러나 그것으로는 충분치 않고 생명을 고양시켜야 한다.

생명의 고양이란 생명체가 가진 본성을 충분히 발휘하는 것이다. 어린아이, 강아지, 여린 새싹들은 아무런 것에도 물들지 않은 생명의 가장 원초적 모습이다. 어린아이나 강아지는 논다. 노는 데는 따로 목적이 없다. 노는 것은 생명의 발현 자체이다. 유희遊戱하는 삶이 생명, 삶 본래의 모습이다. 그 생명은 여린 새싹처럼 부드럽지만 강인强靭하다. 목숨이란 돋는 햇살에 슬어져 가는 이슬과 같은 것이지만 영롱玲瓏하게 초목草木을 적시는 아름답고 귀한 것이니라.('장길산' 황석영)

인간이 자신의 생명력生命力을 충분히 발휘하기 위해서는 그것을 방해하고 억압하는 온갖 것, 사회적 인습因習, 이념理念이나 관념觀念, 권위 같은 무게로부터 벗어나야 한다. 그래야 가볍게 유희할 수 있다. 거기에 더하여 무언가가 있다면 그것은 예술藝術이다.

예술은 삶을 이제까지의 현실, 먹고사는 것을 넘어선 새로운 세상으로 초대招待한다, 예술은 생명生命이 자신을 고양高揚하도록 자극刺戟함으로써 생명은 더욱 빛을 발하게 한다. 예술의 본질은 아름다움을 추구하는 것이다.

우리는 자기에게 중요한 것, 긴요한 것, 궁극적으로 문제가 되는 것이 무엇인지를 스스로 알고 결정해야 한다. 그 결정이 곧 그 사람이다. 그 결정은 사람마다 다 다를 수 있다. 결국 자기 마음 안에서 자신自身을 평가하는 수밖에 없다. 그 평가 긍정적일 때 우리는 그것을 자신감自信感이라고 한다. 자기 마음 안에서만 평가하는 수밖에 없다면 객관적인 평가는 불가능한가? 그렇다. 그러나 자신감의 근거는 마음이고 그것은 자기 혼자 아는 것 같지만 이심전심以心傳心 모두가 공유하고 있다.

한 피아노 연주자가 말한다. '하루 연습을 안 하면 자기만 알고 한 달 연습 안 하면 청중聽衆이 안다.' 이는 자신감이 허세虛勢인지 아닌지는 먼저 자기가 알고 결국 다른 사람들도 알게 된다는 것이다. 모두가 공유하는 마음이란 그 마음이 보편성普遍性을 갖는다는 의미다. 그래서 칸트는 '네 의지의 준칙準則이 언제나 동시에 보편적 입법立法의 원리가 될 수 있도록 행위行爲하여라.'라고 했다.

쉽게 말하여 '그대가 하고자 꾀하는 것이 동시에 누구에게나 통용될 수 있도록 행하라.'는 것이다. 그런 모두가 공유하고 있는 마음에 따라 사는 것이 가치價値있는 삶, 좋은 삶이라 할 수 있다. 그리고 마음을 열면 그 좋은 삶이 보인다.

두 번째 삼천배

라마유루 곰파에서 본 밤하늘을 나는 아마도 잊지 못할 것이다. 카길을 다녀온 즈음의 어느 달 없는 밤이었다. 문득 잠에서 깨어나 창밖을 보니 희뿌연 빛이 느껴진다. 분명 달빛은 아닌데 하는 생각으로 문을 열고 밖으로 나섰다.

하늘이 온통 영롱玲瓏한 빛을 내뿜는 별들로 꽉 차 있다. 하늘 저 깊은 곳까지 메우듯, 별들이 겹쳐 쌓여있고, 그 별무리가 밝은 빛을 허공에 뿌리며 밤의 어둠을 흩트리고 있다. 아니, 그 어둠으로 인해 별빛은 더욱 밝을 수 있다.

상상想像도 못할 만큼 화려하고 황홀恍惚한 그러나 정갈한 아름다움을 한껏 드러내 보이는 별들의 세계, 이 경이로운 밤하늘의 신비를 대하며 멍하니 그렇게 바라보고 서있다. 아름다운 별들의 세계가 한밤의 침묵 속에서, 더할 수 없는 함성喊聲을 토해내고 있다.

다시 삼천배를 더 하기로 한다. 그냥 하고 싶다. 마치 라다크에 온 이유가, 아니 인도에 온 이유가 라마유루에서 오체투지를 하기 위해 온 것처럼 다른 아무런 생각도 없다.

그리고 5월 18일, 부처님 오신 날을 맞는다.

부처님 오신 날을 축하드리며 함께 어머님의 예수재豫壽祭를 올린다. 티베트 불교에서는 부처님 오신 날 보다 부처님 깨달으신 음력 4월 15일을 중히 여겨 행사를 한다. 그래서 오늘의 이 예불행사는 오롯이 우리 어머님을 위해 마련된 자리이다.

하루 종일 맑게 갠 날씨는 우리의 가을 하늘보다도 그 푸름은 더 짙고 화창和暢하다. 법당 안에는 수십 개의 촛불들이 켜있고 석가모니 부처님 앞에는 오늘을 위해 특별히 금잔金盞에 정안수를 바쳤다. 불단佛壇에는 버터와 보릿가루를 섞은 반죽에 여러 색을 입혀 만든 크고 작은 동물, 반인반수 등 여러 중생衆生의 형상들이 놓여 있다. 이것들은 예불이 끝나면 옥상屋上에서 새들에게 먹이로 주어진다. 독경讀經하는 스님들 앞에는 버터 차와 과자들이 놓여 있다.

히말라야 산중의 영험靈驗하기 그지없는 절, 그 큰 절에 혼자 공양주가 되어 여러 스님들의 독경과 장고, 징 등의 합주 속에서 어머님을 위한 오체투지를 시작한다. 어머님께 드리는 처음이자 마지막 효도다. 평생 동안을 절에 다니면서도 자신을 위해서는 아무런 소망도 빌지 않으신 어머님을 위해 큰 절로 부처님께 극락왕생極樂往生을 빌어 드린다.

"어머니, 오늘은 어머님 평생 최고의 날입니다. 히말라야의 이 영험한 절에서 모두가 어머님 한 분을 위해 극락왕생을 빌어드립니다. 오늘은 좋은 날입니다."

5월 23일에 두 번째 삼천배를 끝냈다. 라마유루에 온 지 18일이 되는 날이다.

저녁 6시가 지나지만 햇볕은 조금도 그 힘을 잃지 않고 따갑게 비친다. 눈 부신 햇살에 흰 구름이 밝은 빛을 띤다. 이 밝음이 혹독한 기후와 가난 속에서도 사람들 마음을 친절하고 밝게 만든다. 마을사람들은 하루에도 몇 번이고 "줄레이"라는 인사말을 나눈다. 방금 헤어지고도 다시 만나면 어김없이 또 "줄레이"하며 웃음 짓는다.

창문 바로 앞으로 수십 마리의 양과 머리만 커다란 꼬마 당나귀들이 지나간다. 이들은 그냥 저희들 끼리 하루의 외식外食 나들이를 마치고 마을의 골목을 지나 집으로 돌아가는 것이다. 당나귀의 큰 눈망울은 무구無垢하고 슬퍼 보인다. 전생에 나쁜 짓을 한 인간이 축생畜生으로 태어난다지만 그건 전혀 믿을 바가 못 된다.

떠날 때가 되니 스님들이 차나 식사를 같이 하자고 불러 준다. 낮에는 곤축소남 스님이 점심에 초대해서 푸성귀로 국을 끓여 준다. 이곳에 온 이후 처음으로 사람들 음식을 먹는 것 같다. 이제까지는 음식이 아니라 끼니를 때운 것이라는 생각이 든다. 채소 국 한 그릇에 감동 받을 만큼, 그러나 그동안 한 번도 부족하다고 느낀 적이 없다. 그냥 잊고 살았다.

저녁에는 이곳 학교 선생님인 나왕 린첸Nawang Rinchen 스님의 거실에서 차를 마신다. 학교라지만 아랫마을 공립학교에 다니지 않는 아이들 열 명 정도다. 얼마 전까지도 공립학교에 가면 정부에서 돈을 받았는데 이즈음엔 주지 않아 가까운 이곳에서 배운다. 이런 산골 어린 학생들에게까지 장학금을 주는 가난한 인도 정부, 인도는 위대한 영혼의 나라다.

마침 6개월 간 '키푹'이라는 명상실에서 지내고 며칠 전에 나온 곰첸(명상 수도승)이 자리를 함께 한다. '키푹'은 '곰첸'이 명상에 전념하기 위해 외부와 완전히 차단된 방이다. 문은 밖에서 잠그고 작은 구멍으로 음식을 넣어주며 바닥에 물이 흐르는 작은 도랑이 있어 오물을 처리하도록 되어 있다. 6개월의 명상 생활을 하고 나온 스님의 얼굴은 창백하나 눈빛은 깊고 조용하다. 그는 미소 지으며 우리를 물끄러미 바라 볼 뿐 대화에는 관심이 없는 듯하다. 나 역시 그냥 '그랬구나.'다.

라마유루 곰파는 모든 준비를 끝내고 나를 기다린 듯이 두 번의 삼천배를 드리는 근 20일간 언제나 내게 개방되어 있었다. 곤축소남 스님은 열쇠를 맡겨 언제든 법당을 여닫고 다닐 수 있도록 해주셨다. 법당에는 간간히 스님들이 독경하려거나, 마을 신자들이 기름과 보릿가루 등을 들고 와서 잠깐 예불을 드리러 오는 분들이 있어 내가 오히려 문을 열어 드렸다.

인도로 떠나오며 이런 의식과 기원을 드리게 되리라고는 상상도 못했다. 지난 오십여 년의 허망한 삶을 전생前生으로 돌리고 싶어 떠난 나그넷길이었다. 깨달음이라든가 아상我相을 훌쩍 벗어 던진다던가 하는, 한 칼에 적을 베는 통쾌한 장수將帥의 기백을 갖추지 못한 나로서는 하심下心만이 맑은 마음에 다가갈 수 있는 길처럼 보였다. 부다가야에서 본 티베트인들의 오체투지가 하나의 출구出口처럼 생각되었던 것이다.

모든 것을 잊는다. 두 번의 삼천배를 했다는 의식도 지운다. 다만 20일 가까이 오체투지만을 하며 사는 동안에 혼탁한 속진俗塵이 씻겨나간 자리가 있다면 그 공간만을 여백으로 안고 싶다. 이제 떠도는 삶을 끝내고 돌아가도 될 것 같다. 어느덧 반년이 지났다.

레로 돌아왔다.

몸은 바짝 말랐고 수염은 어지럽게 자랐다. 목욕한 지 한 달이 지났고, 벌레에 물린 자리는 여기저기 붉은 반점斑點처럼 남아 있다. 건조한 공기에 피부가 갈라지고 발은 맨발로 다니는 인도 아이들 발 같다. 콧잔등은 햇볕에 벗겨져 산악 등반대원의 얼굴이다. 그러나 마음은 맑다.

음력 4월 15일

아침부터 레는 축제로 여인네들은 한껏 차려입은 민속 의상을 뽐내며 온 도시는 잔치 분위기에 들떠있다. 우리는 초파일, 부처님 나신 날을 기념하지만 라다크에서는 오늘, 부처님 깨달으신 날을 가장 큰 축제일로 꼽는다.

레의 시내에 있는 곰파에서는 축제 개회식이 열렸다. 라다크 사람들이 다 모인 듯, 저마다 다른 민속 의상을 입고 있어 축제의 분위기는 다채롭다. 한 낮의 행사가 밤에는 불꽃의 축제로 바뀐다. 낮에 오른 그 산에는 밤까지도 명멸明滅 하는 횃불의 행렬이 늦도록 이어진다.

바닥에서 천장까지 전면이 유리인 방에 불을 끄고 비스듬히 누어 바로 앞산에서 빠르게 솟아오르는 보름달을 바라본다. 환하게 빛나는 둥근 달이 검은 실루엣 같은 산정山頂을 벗어나자 빠르게 창으로 다가온다. 조금만 더 가까이 오면 그 밝고 둥근 달을 가슴에 안을 수 있을 것 같다. 아니 달이 내 가슴을 향해 안겨 온다. 달을 이렇게까지 가까이 느낄 수 있다니! 희박한 공기가 만든 기적 같은 일이다.

　　태양과 짙은 창공, 눈앞에 보이는 흰 설산, 삭막한 모래 바위와 그 앞 계곡을 따라 서있는 나무들의 연녹색 잎들은 이곳의 투명한 공기로 선명하고 강렬한 원색原色의 대비를 드러낸다. 생활 자체가 고행인 라마들과 신비한 밀교密敎 분위기 가득한 곰파, 이들이 형성하는 영적 힘이 라다크를 감싸고 있다. 아름다움에는 풍요로운 모습도 있지만 라다크의 아름다움은 선정禪定에 가까운 것이다. 잎을 다 떨어뜨리고 서 있는 나목裸木처럼, 모든 세속의 욕심을 다 버린 선사禪師의 초연超然함, 그런 아름다움이다.

비 굿, 어떤 사람이 되어야 할까?

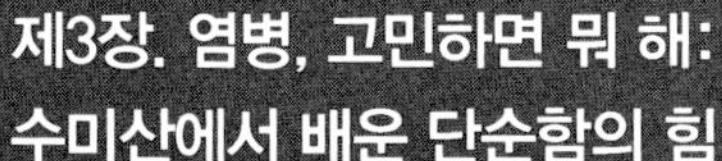

제3장. 염병, 고민하면 뭐 해:
수미산에서 배운 단순함의 힘

———

해발 3천 미터.

숨조차 제대로 쉬어지지 않는 척박한 땅에서 내가 배운 건 딱 하나였다.

지식은 머리로 채우는 것이 아니라 몸으로 덜어내는 것이라는 사실.

염병, 책상물림의 철학이 죽음 같은 고산병 앞에서 무슨 소용이겠니.

거친 길 위에서 숨을 헐떡이며 얻어낸 이 투박한 진리가.

어쩌면 너희의 그 매끈하고 세련된 고민들보다 훨씬 더 쓸모 있을 거다.

그러니 친구야. 굶주린 짐승처럼 진실을 찾아 헤매는

그 '야성의 눈빛'만은 절대 잊지 마라.

본질은 언제나 가장 낮고 원초적인 곳에 숨어 있는 법이니까.

여행 3. 중국의 끝 카슈가르(Kashgar): 경계선 위에서 부르는 노래

이 글은 1996년 4월부터 7월까지의 배낭여행 중에 쓴 일기 중의 한 부분이다.

카슈가르, 6월 13일

낮 12시에 우루무치를 출발한 버스는 근 40시간을 밤낮 없이 달려 15일 새벽 4시에 카슈가르에 도착했다. 버스는 와포臥鋪-Sleeper로 자리는 양 옆 창가와 가운데 세 줄이 있고 2층으로 되어 누워서 갈 수 있다. 우루무치를 떠난 버스는 톈산산맥의 한 줄기를 따라 험준한 계곡을 두세 시간을 달리다. 얼마 후에 동남쪽으로 비스듬히 뻗은 산줄기를 타고 큰 고개를 넘으니 비로소 타림분지盆地가 보이는 곳에 들어선다.

타림분지의 북쪽에는 톈산天山산맥, 남쪽에는 곤륜崑崙산맥이 있다. 이 산맥에서 흘러내려오는 눈 녹은 물이 골짜기를 내려와 만든 작은 강들이 있고 이 강물에 의지해 오아시스 마을들이 형성되어 있다. 남북의 실크로드는 이 오아시스 마을들을 따라 자연스레 연결되었다.

날씨는 맑고 습기도 전혀 없어 한없이 펼쳐진 사막과 그 끝 까마득히 그림자처럼 곤륜이 보이는 듯하다. 길은 톈산산맥의 산기슭을 따라 달린다. 산에는 나무는 물론이고 풀 한 포기 보기 어려운, 아니 생각하기도 어렵다. 거친 황토 산이 세찬 모래 바람에 씻겨 산봉우리들은 큰 톱날처럼 날카롭다. 그러나 눈 녹은 물이 흘러내리는 계곡의 아래 산자락에는 넓고 푸른 들판이 자리하고 의외로 많은 나무들이 곧게 뻗어 있다. 나무들은 거의 한두 종류로 우리네 미루나무처럼 보인다.

버스가 카슈가르에 도착한 것은 새벽 4시. 그 시간에도 버스 정류장에는 나를 마중 나온(?) 택시들이 기다리고 있다. 낯선 도시, 길에 다니는 사람들도 없는 한밤중에 혼자 택시를 타는 것은 정말 피하고 싶은 일이다.

택시를 타고 써면 Serman 호텔로 간다. 얼마나 긴장되는지 오히려 여유를 부려 운전기사에게 웃으며 통하지도 않는 말도 해보지만 사실 목적지가 보일 때까지는 조마조마하다. 택시는 안전(?)하게 호텔 앞에 세워 준다. 요금은 물론 두 배 이상이지만 그래도 고마운 일이다.

한때 실크로드의 중심 도시였던 카슈가르는 중국의 서쪽 끝으로 종점과 같은 곳이다. 카슈가르의 저녁은 북경 시간으로 오후 10시가 되어도 어둡지 않다. 북경 시간과 두 시간 차이가 나는 카슈가르 시간이 있지만, 어느 때 어느 지역까지 통용되는지는 분명치 않다.

'뭐 아침 9시에 해가 뜨고 밤 10시에 진다고 생각하면 되는 거 아닌가?'

시내에는 성벽이 일부 남아 길게 이어져 있고 가로수 밑에는 과일 장사들이 앉아 있다. 집들은 높은 담으로 둘러막아 집안뿐만 아니라 담 사이의 좁은 골목에 그늘을 만들어 준다. 조그만 당나귀가 끄는 탕가들이 한가로이 길을 오간다. 시장에는 다양한 옷감들이 펼쳐 있고 많은 금세공 金細工 집들이 죽

늘어서 있다. 가게 안에는 여러 명 세공사들이 한 자리씩 차지하고 앉아 금을 토치Torch불에 달구어 가며 손님들 앞에서 작업을 한다. 옆에서는 꼬마 견습생들이 닦거나 붙이는 단순한 일을 하고 있다. 제법 넓은 점포에는 위구르족의 고유 의상을 곱게 차려 입은 여인네들이 자기가 맡긴 귀금속의 모양이 바뀌어 가는 것을 보며 잡담들을 나눈다.

이제 중국을 떠나야 할 시간이다.

파키스탄에 가려면 여기서 세관 검사를 하고 국경도시인 타시쿠르칸에 가서 다시 출국수속을 해야 한다. 파키스탄으로 가는 버스는 CITS가 있는 차니바구Qinibagh 호텔에서 출발하는데 세관도 같이 있다. 파키스탄으로 넘어가기 위해 아침 7시부터 일어나 부산을 떨었으나 세관 사람들은 11시나 돼서야 출근한다. 그들은 북경 시간을 따랐고 나는 이곳 시간대로 움직였던 것이다.

이런 시차 때문에 출발을 기다리고 있는 동안에 40대로 보이는 일본인 부부가 다가온다. 그들은 파키스탄 가는 차편을 알아보려고 왔다며 수염이 텁수룩한 내게 사진작가냐, 산악인이냐 물으며 말을 건다. 한 30분 정도 같이 이야기를 하고 헤어졌다. 그리고 버스가 호텔 문을 나서는데 그 부부가 몇 번이고 몸을 깊숙이 숙여 절을 하며 친절이 뚝뚝 떨어지는 배웅을 한다. 버스가 안 보일 때까지 손을 흔들어 주는데 민망할 정도다. 그들이 보여 준 따뜻한 마음은 나를 하루 종일 흐뭇하게 했다.

타시쿠르칸 1

카슈가르에서 타시쿠르칸까지는 285Km.

파키스탄으로 가는 버스는 중국에서 타본 다른 차들과는 비교가 되지 않게 좋다. 승객도 달랑 4명뿐이라 버스 안이 텅 비어 전망차展望車를 탄 듯 마음껏 주위의 경치를 즐긴다. 멀리에는 곤룬산맥의 설봉雪峰들이 흰 구름과 어우러져 있고 마을을 벗어나 백 리도 넘게 곧게 뻗은 도로의 한쪽 끝으로는 지평선이 사막에 닿아 있다. 지나온 오아시스 마을의 푸른 숲이 차창 뒤로 멀어져 간다. 그러고는 다시 다른 오아시스 마을로 다가간다.

오늘이 장날인가 보다. 조그만 당나귀들이 끄는 탕가Tonga의 행렬이 앞서거니 뒤서거니 하며 시골 장터를 향해 간다. 걸어가는 사람들은 없고 혼자라도 당나귀를 타고 간다. 덩치가 커다란 어른이 큰 개만 한 당나귀 등에 앉으니 발이 땅에 끌리는 듯하다.

노인네와 아낙네들, 가장家長과 아이들이 어울려 장에 가서 팔 물건들을 싣고 탕가에 앉아 간다. 여인네들은 모두가 머리에 붉거나 푸른 스카프를, 남자들은 어른, 애 할 것 없이 앞 차양이 짧은 캡을 쓰고 있다. 젊은이들은 앞을 다투어 나가고 노인네들은 한가롭게 이리저리 채찍으로 허공을 가른다. 장날에 대한 기대에 부푼 여인과 아이들에게서는 들뜬 모습이 역력하다. 이들은 가벼운 흥분으로 환한 웃음을 짓는다. 정겹게 사는 사람들의 모습이 아름답다. 이 세상에서 제일 아름다운 것은 착한 사람의 웃는 얼굴이다.

몇 시간 후, 버스가 가는 길에 일이백 마리씩 무리를 이룬 양 떼들이 앞을 막으며 유유히 행렬을 이어간다. 목동들이 양 떼들을 한 곁으로 비켜주고서야 버스는 다시 제 갈 길을 갈 수 있다. 한두 시간 남짓한 거리에서 이러한 양 떼 스무여 무리를 만난다. 주인인 목동들과 털복숭이 개 그리고 야영할 간단한 도구와 천막을 등에 얹은 나귀들이 이들과 일행을 이룬다. 아마도 여름 목초지를 향해, 그런 곳은 있을 것 같지도 않은 황량한 산속을 향해 길을 오르고 있다. 얼마 후 다시 큰 고개를 오르니 그 위에 하상河床을 거의 드러낸 강이 여러 갈래로 넓게 흐르고 푸른 초원草原이 끝없이 펼쳐 있다. 이 광활한 초원은 '세계의 지붕'이라고 부르는 파미르고원의 아랫자락에 형성된 목초지이다.

몇십, 몇백 킬로에 넓게 펼쳐 있는 파미르고원의 목초지는 아무리 많은 양들과 낙타 그리고 야크들이라도 받아들일 준비가 되어 있다. 이미 도착하여 여기저기 흩어져 풀을 뜯는 양들은 한 폭의 그림처럼 자연과 어우러져 있다. 간간히 유목민 아낙네들이 한가롭게 풀밭에 앉아 한낮의 태양 아래서 뛰노는 아이들을 무심히 보고 있다.

이들은 자연이 이끄는 대로 가축을 따라 움직이며 살아간다. 그들에게는 자연 앞에 삶을 활짝 열어놓고 개방된 시공時空에 자신을 내맡기는 흔연欣然함이 엿보인다. 우리는 자연으로부터 얼마나 멀리 떨어져 나와 있는가?

타시쿠르칸 2

버스는 이곳에서 하룻밤을 보내고 다음 날 아침에 파키스탄으로 출발한다.

제법 큰 호텔에 사람이라고는 나 혼자다. 일행인 파키스탄인 2명과 아프가니스탄 한 사람은 같이 술을 마시러 나가고 두 명의 여직원도 별 볼 일 없는 호텔을 지킬 생각이 없었던 것 같다. 캐라코람 산맥 북쪽 산자락에 외롭게 떨어져 있는 조그만 국경 도시.

정말 너무 멀리 왔구나. 돌아갈 수 없을 것 같은, 혼자라는 느낌이 두려움으로 다가온다. 창밖은 칠흑같이 어둡고 멀리서는 뇌우雷雨가 으르렁거린다. 그 어두움 속에 유쾌한 사내애는 어딜 가고 허름한 한 중늙은이의 멍하니 앉아 있는 모습이 유리창에 어른거린다. 저게 정말 나인가? 나에게 나라는 존재가 낯설게 다가온다.

뜨거운 재스민 차를 마시면서 한 손으로는 옥玉으로 만든 염주를 굴리며 습관처럼 반야심경을 중얼거린다. "관자재보살 행심반야바라밀다시 조견오온개공 도일체고액……."

다음 날 또 북경 시간과 카슈가르 시간이 혼동되어 이번에는 내가 늦는 바람에 버스를 놓쳤다 다시 타는 해프닝을 겪고서야 출국장에 도착할 수 있었다. 세계의 지붕 파미르고원의 험준한 산속에 있는 이곳 세관稅關도 중국인은 '타시쿠르칸 해관海關'이라고 한다. 해관? 글쎄 바다가 어디쯤일까?

출국수속을 하는 창구에는 직원이 5명씩이나 나란히 앉

아서 처음 사람이 여권을 확인하고 옆으로 넘겨 다시 보고 해서 맨 끝에 앉아 있는 사람이 도장을 찍어 준다. 그러나 거기서 끝나는 것이 아니고 출구에 다시 두 명이 더 앉아 있다. 이번에는 면접시험(?)을 본다.

내 여권을 보고 빙긋이 웃으며 자기 책상 위에 놓인 종이에 "김일성金日成"이라고 쓰며 눈치가 어떻게 생각하느냐고 묻는 것 같다. 할 말도 없어 그냥 빙긋이 따라 웃었다. 다시 그 옆에 모택동毛澤東이라고 쓰더니 나를 바라본다. 그러고는 고개를 가로저으며 두 이름에 X표를 하고는 "노 굿"을 연발한다. 나는 순간 중국인의 속마음을 보고 있다는 생각이 들었다. 이것이 천안문 광장에 높이 걸린 모택동에 대한 중국 관리官吏의 평가인가 싶다.

그러나 나는 그에 동의同意하고 싶은 생각은 없다. 그 관리에게는 문화혁명 시기의 참혹했던 경험이 가슴에 화인火印처럼 찍혀 있을 것이다. 그것은 분명 마오의 과오過誤임에 틀림없다. 그러나 마오는 그 잘못을 한 옆으로 밀어놓을 수 있을 만한 큰일을 한 사람이다.

그는 봉건사회와 제국주의를 붕괴시키는 투쟁에 모든 중국 인민의 동의同意와 참여參與를 끌어내는데 성공하였다. 그리하여 그 승리의 영광榮光을 공산당이라는 한 집단만이 아닌 전체 인민에게 돌리고 그 모두와 해방의 성취감을 함께함으로써 승리를 인민 각자의 몫으로 경험하게 하였다. 이렇게 하여 중국 인민들 모두에게 자신들 삶에 자존自尊의 신념을 갖게 하였다.

오천년 중국 역사에 획기적 전환점을 이룬 이 자신감이야말로 마오 혁명의 위대한 업적이다. 이제 중국은 과거의 질곡에서 벗어나 자각自覺된 자신감으로 역사의 수레바퀴에 시동始動을 걸고 있다. 14억의 현실감이 뛰어난 중국인들은 머지않은 장래에 세계를 흔들만한 힘을 갖게 될 것이다.

타시쿠르칸 해관을 떠난 버스는 국경인 해발海拔 4,600미터의 쿤자랍Kunjer Lab 고개를 향해 달린다. 국경까지는 아직도 120Km. 한낮인데도 검은 구름이 온 하늘을 뒤 덮으며 비가 쏟아지는 차창車窓 밖은 어둡다. 들판이 점점 좁아지며 버스는 길의 방향을 오른쪽으로 바꾸어 캐라코람의 산길을 오른다. 이 길은 중국과 파키스탄을 잇는 캐라코람 하이웨이다. 버스가 고개 정상에 오른다.

얼음이 덮이고 눈보라 치는 고개 정상頂上에는 초라하리만치 조그만 중국과 파키스탄간의 국경 경계비境界碑가 세워져 있다.

여행 4. 수미산 여행 ①: 신의 산으로 향하는 고통과 환희

누가 왜 고생스러운 배낭여행을 몇 달씩 하냐고 물어도 별로 할 대답이 없다. 그냥 뭔가 채워지지 않은 것 같은, 마음의 갈증渴症 때문에, 배낭여행이 그 출구出口라는 생각에서… 그래도 그 고통의 대가로 마음이 좀 넓어지기는 한다.

우리는 몸의 건강을 위해 뜀뛰기를 하거나 헬스장場에 가서 땀 흘리며 고생(?)한다. 그러면 마음을 위해서는 명상瞑想? 글쎄다. 마음도 고생을 요구한다. 나는 가이드북 하나만 들고 배낭여행을 떠난다. 여행은 항상 낯선 환경과 만난다. 거기에 대한 가이드북의 정보는 피상적皮相的이거나 이미 지나간 과거고 현재는 몸으로 부딪는 수밖에 없다.

인도여행 때다. 낯선 환경, 처음 가는 마을. 어디에서건 잠은 자야 한다. 작은 호텔, 게스트 하우스가 있으면 그곳에서, 없으면 절寺院, 그도 없으면 아무 집이나 밀고 들어가 잠자리를 청한다. 그들은 방이 없으면 헛간을 가리키며 그곳도 괜찮냐는 듯 눈짓으로 묻지 거절하는 법이 없다. 그 헛간에 볏짚을 깔고 눕는다. 마음이 편안하다.

배낭여행에선 싫건 좋건 다 받아들여야 한다. 그렇게 하다 보면 겁이 없어지고 슬슬 배짱이 생긴다. 좋은 말로 성숙해진다. 그러나 그게 아니다. 내가 세상을 믿고 껍죽대는 거다. 세상을 믿지 못하면 나라고 별거인가. 그래서 나는 신神을 믿지 않는다. 신이 필요 없다.

여기에 소개한 수미산須彌山 여행은 중국 대륙을 돌고 실크로드를 거쳐 파키스탄, 인도, 네팔로 해서 티베트 라싸에 도착한 후의 얘기다.

수미산 여행

1) 출발

라싸. 배낭족들이 모이는 호텔들의 게시판을 보고 다닌

다. 마침 다음 날 저녁에 바낙숄 호텔에서 수미산에 가려는 사람들의 미팅^{Meeting}이 있다는 광고문을 찾았다. 야크^{Yak} 호텔에도 수미산을 가려고 한다는 글귀가 붙어 있는데 밑에 최▇라는 이름이 적혀있어 방으로 찾아가 보니 사람이 없다. 내 연락처를 적은 메모를 남기고 돌아왔다.

다음 날 저녁. 미팅을 주관하는 녀석은 머리를 빡빡 밀고 콧수염을 기른 소도둑같이 생긴 미국 젊은이다. 체격이 건장하고 몸짓이 경직된 것이 신병 훈련소 하사관 같다. 그의 이름은 댄^{Dan}이라고 했다. 나는 낮에 최 형을- 야크 호텔에 광고문을 붙인- 만나 함께 앉아서 회의가 진행되는 것을 보고 있다. 미팅이 끝나 신청을 받는데 근 20명이 되어 트럭은 두 대로 늘어난다. 여권과 함께 예약금 700위안을 내고 다음 날 다시 만나기로 한다.

최 형과 함께 자리를 털고 일어나 야크 호텔로 간다.

"한 잔 해야죠?"

"그럼요."

둘은 호텔 마당에 마련된 휴게소^{休憩所}에서 마주 앉았다. 그냥 서로 알아볼 수 있었다. 그는 30대 말 텁수룩한 외모이고 산을 좋아한다고 했다. 텁수룩하기로는 내가 더 했다. 석 달간 수염을 깎지 않았고 신발은 발등이 터진 푸르스름한 운동화에 입은 옷이라곤 계절과 관계없는 두툼한 모직 셔츠다. 둘은 대화를 나누면서 차츰 서로가 같은 족속임을 느낄 수 있다.

나이 차이가 15년이니 그는 나를 선생님이라고 부른다. 그런데 나중에 알고 보니 최 형은 K 대학에서 10년간이나 국

문학을 강의하고 있는 진짜 선생님이고 모某 신문사 신춘문예 소설 부문에 당선해 등단登壇한 문인文人이기도 하다.

술잔을 비우며하는 둘의 대화는 막힘이 없다.

문학, 철학 등에 대한 얘기를 섞어가며 지껄이는데 너무 잘 받아주어 내 꼴은 생각하지도 않고 짜장면집에서 배달하는 사람(?)치고는 제법이라고 생각을 했었다. 여하튼 둘은 술에 취해 야크 호텔의 다인용실多人用室에서 함께 쓰러져 잤다.

다음 날 저녁에는 내 방에서 파티가 열렸다.

최 형과 여기서 만난 군의관軍醫官으로 제대한 김金 군, K 대학의 염廉 군, 최崔 군 그리고 김金 양과 함께하는 라싸에서의 단합대회團合大會다. 술을 사고 감자를 쪄 오는 등 부산하다. 티베트라는 외국이지만 이 자리는 조그만 한국 사람들 사회(?)라서 모든 준비는 젊은이들이 한다. 웃고 떠들며 준비하는 이들의 모습은 서양 젊은이들과는 너무나 다르다.

다음 날 젊은이들의 배웅을 뒤로하고 최 형과 나는 배낭을 짊어지고 야크 호텔을 나선다. 책이나 필요치 않은 옷들은 호텔에 맡긴 다음이라 짐은 가볍다. 그들도 며칠 후에 뒤따라 수미산에 오겠다고 하지만 다시 만날 것이라는 기대는 않는다.

트럭이 라싸를 뒤로하고 수미산을 향해 출발한다. 일행 중 서양 젊은이들이 트럭에 자리를 만들었다. 매트리스는 하나는 접어서 겹으로 깔고 다른 하나를 그 위에 얹어 반은 깔고 반은 등받이로 하니 앉는 자리의 높이도 50cm 정도로 그럴듯한 소파가 된다. 덮여있던 천막을 걷어 올려서 묶어 지붕같이 차양遮陽만 남게 하니 밝고 바람도 잘 통한다.

공항空港 도로는 포장이 잘 돼 있어 비록 트럭 뒷자리라 해도 흔들림이 적어 벤츠가 부럽지 않다. 마음들은 가볍게 들뜨고 스쳐지나 가는 경치는 신선하여 마냥들 기분이 좋다. 그런데 얼마 안가 갑자기 차가 '덜컹', 몸이 공중에 솟았다 떨어지며 벤츠의 꿈이 산산조각 난다.

마주 앉아있던 중국 여대생 진첸이 자리에서 붕 떴다가 트럭 바닥에 나뒹굴어 진다. 도로포장이 잠시 끊긴 곳을 지난 것이다. 이스라엘 녀석이 "First Jump" 하며 웃는다. 정말 그건 아주 짧은 예고豫告였다.

수미산은 라싸에서 서쪽으로 1,300Km, 인도 북부와 네팔의 서북단 국경이 만나는 지점의 조금 북쪽, 거칠게 흐르는 히말라야 산줄기를 조금 벗어난 곳에 홀로 우뚝하게 솟아 있다. 그의 이름은 서양인들에게는 카일라스Kailash, 티베트인들에게는 강림포체, 산스크리트어로는 수메루Sumeru 또는 메루Meru 이다.

시가체로 가는 길가에 있는 들판에 핀 노란 유채油菜 꽃밭은 끝이 보이지 않을 정도여서 절로 감탄사感歎詞가 나온다. 우리 제주도의 유채는 4월이 한창이지만 이곳에는 지금 7월이 그 절정絶頂이다. 일행은 차를 세워 유채밭으로 들어가 사진을 찍느라고 야단이다.

라싸에서 늦게 출발했기 때문에 시가체에 도착한 것은 늦은 저녁이다. 호텔에 방을 배정받고 짐을 풀었는데 그룹 리

더 격인 댄이 오더니 2인실이 부족하니 다인실로 옮겨 달란다. 이 방에 들어오기 전에 분명히 2인실이 충분하냐고 확인까지 했는데. 아마 중국 여대생과 붉은 얼굴에 조그만 40대 호주 사나이가 갑자기 커플^{Couple}이 된 모양이다. 우리는 물색없는 바보들처럼 주섬주섬 짐들을 챙겨 나온다.

저녁을 먹으러 중국 음식점에 갔다. 한 티베트인 거리 악사^{樂士}가 가슴에 티베트 기타를 안고 문밖에 선다. 식당의 중국인 여자가 매몰차게 내쫓는다. 그냥 두라고 해도 막무가내로 몰아낸다. 그때의 티베트 악사의 표정을 무어라고 표현할 수 없다. 최 형이 화가 나서 중국인 여자에게 고함을 친다. 그제야 여자가 물러나고 나는 티베트 악사를 안으로 들였다. 그는 티베트 춤 고유의 스텝을 밟으며 기타를 치며 노래를 한다. 노래에는 힘이 없고 이마에는 땀이 흥건하다. 우리는 돈을 모아 건네주고 잘 가라고 손짓을 한다. 티베트의 슬픔은 비 온 뒤 비포장도로의 웅덩이처럼 어디에나 깔려있다.

다음 날 아침. 일행은 타시룬포 사원^{寺院}에 가고 나 혼자 호텔 앞산에 있는 시가체 성^城에 오른다. 다 허물어진 성터에 벽만 몇 곳에 남아 있고 산의 정상^{頂上}에는 기도 깃발이 세워져 있다. 비가 부슬부슬 오는 이 아침에 누가 피워 놓았는지 큰 향 무더기에서는 아직도 향연^{香煙}이 하늘을 오르고 있다. 그것은 망자^{亡者}의 넋을 기리며 묘지^{墓地}에 피워놓은 향^香처럼 스러져 가는 티베트의 영혼을 추모하는 듯하다.

트럭이 출발한다. 몸은 매트리스에 앉아 있으나 언제라도 체중을 두 다리로 옮길 준비가 되어 있어야 한다. 승마乘馬 자세로 앉아 차체가 흔들리고 튀어 오르는데 따라 자연스레 함께 움직여야지 그 뜻(?)에 거역하면 몸을 다칠 수도 있다. 출발 전에 짐들을 밧줄로 몇 번이나 돌려 꽁꽁 묶었지만 30분도 되지 않아 마술사가 몸을 풀고 나오듯 트럭 바닥에서 제멋대로 튀고 뒹군다. 차가 흔들리는데 따라 깔고 앉은 매트리스가 슬금슬금 삐져나오면 일어나서 당나귀 모양 뒷발질을 해서 밀어 넣는다. 달리는 트럭의 뒤를 따라 이는 흙먼지는 모두를 뽀얗게 분紛화장 시킨다. 모자와 썬 그라스를 쓰고 마스크를 하지만 그저 조금 나을 뿐이다. 큰 내川를 따라 만든 길은 곳곳이 유실流失되어 트럭은 아예 냇물 바닥으로 내려서 달린다. 차가 어느 정도 제대로 된 길로 들어서면 좀 덜 튀지만 사실 마음은 이때가 더 불안하다. 언제 쾅 튀어 오를지 몰라 긴장을 풀 수도 없다.

밤늦게야 트럭 운전사들이 쉬고 가는 작은 여관이 있어 찾아 든다. 서양 젊은이들은 트럭 바닥에 매트리스를 펴고 그 위에서 자겠다고 침낭을 꺼내고 스위스 커플은 텐트를 들고 호수 옆으로 간다. 아침에 일어나 마을을 둘러본다. 꼬마들이 다가와 주변을 빙빙 돌며 저희들끼리 장난을 친다. 한 아이를 우리 옆으로 밀어 놓고 달아나면 밀린 녀석은 얼른 우리로부터 도망가고 그러곤 다시 모여든다. 어디서나 만나는 순진한 아이들이다.

마을 한 옆에 마니월mani wall이 있고 그 위에 활처럼 휜 뿔이 달린 야크의 머리 해골骸骨들이 몇 개 놓여있다. 동네 집들

옥상에는 네 귀퉁이에 여러 색깔의 깃발들이 꽂혀있어 마치 우리네 어선漁船들이 출항하며 나부끼는 깃발들 같다.

티베트에서 큰 고개를 넘다 보면 거의 모든 고갯마루에 기도 깃발이 있다. 티베트인들은 이 기도 깃발이 바람에 펄럭일 때마다 기도의 공덕功德이 쌓인다고 믿는다. 집 앞에 세워있던 화물트럭들은 아침 일찍 길을 나선다. 트럭 밑에 두꺼운 침구에서 몸을 웅크리고 노숙路宿을 했지만 티베트인들은 별로 개의치 않는다. 참파라는 볶은 보릿가루에 뜨거운 버터 차를 조금씩 따라 손으로 버무려가며 먹는 아침식사를 하고 떠나는 표정들은 그래도 밝기만하다.

우리 일행의 가이드는 열아홉 살짜리 소년(?)이다. 그는 우리와 제일 가까웠다. 얼굴이 까무잡잡하고 작은 몸매지만 가이드를 2년째하고 있단다. 눈은 반짝이고 영리해 보이지만 그렇다고 되바라지지는 않았다. 그 애 이름은 텐진이다. 두 살 때 부모가 이혼해 홀어머니와 둘이 지내다 아버지 쪽 집안의 어른이 네팔로 그들을 불러들여 그곳에서 살았다. 아홉 살엔 인도의 무수리로 가서 학교를 다녔다. 달라이라마께서 티베트 아이들을 위해 무수리에 학교를 세웠고 세계 각지의 스폰서들이 학비를 보내 준다. 텐진의 스폰서는 스웨덴 사람이었다고 한다. 그는 달라이라마를 세 번 뵈었고 이름도 그분이 지어주셨다. 텐진은 그곳에서 학교를 졸업하고 2년 전에 어머니와 함께 티베트로 돌아왔다.

트럭은 구릉丘陵과 계곡을 바꾸어 가며 달린다. 남쪽으로는 히말라야산맥의 흰 봉우리들이 이어지고 간간이 크고 작은 호수들이 보인다. 티베트에서 태양은 다른 어느 곳에서 보다 위력威力이 있다. 햇볕을 쪼이는 편은 뜨겁지만 그늘이 진 곳은 서늘하다. 구름이 낀 날과 맑은 날의 기온 차이는 대단해서 반소매를, 아니면 파카를 입는다. 한낮의 햇볕으로 얼굴은 까맣게 타고 콧잔등이 다 벗겨져 에베레스트 등반대원 같다.

끝없이 이어지는 티베트의 고원高原에는 가끔 보이는 유목민들과 귀여운(?) 야크 떼와 양들, 그리고 유명한 티베트 개들뿐, 나무 한 그루 풀 한 포기 보이지 않는다. 깎아지른 듯 가파른 산기슭에 3층 이상 돼 보이는 돌로 지은 큰 사원이 의연依然하게 그 모습을 드러내 보이고 있다. 햇빛을 받은 하얀 사원은 한 줄기 빛이 되어 주변의 경관景觀을 무의미한 것에서 깨어나 불성佛性의 그윽한 화음和音에 녹아들게 한다.

그날 밤은 유목민 천막에서 그 가족들과 함께 잤다. 천막의 입구 맞은편 조그만 불단佛壇에는 달라이라마의 사진이 놓여있다. 그리고 기도 용구와 정안수 잔들이 가지런히 놓인 앞에 버터 등잔에서는 작은 불꽃이 타고 있다. 천막 가운데 난로에는 연통이 밖으로 세워져 있고 그 옆에 마른 야크 똥을 담은 통이 있다. 천막 주위로는 바닥보다 조금 높은 턱이 있어 양털 가죽, 침구들과 옷가지들이 쌓여 있다.

밤이 늦어 우리에게 잠자리를 내준 할머니와 큰딸은 마을로 잠자리를 옮긴다. 비가 온다. 천막의 열린 문으로 비가 들이치자 주인은 일어나 막대로 덧문을 달아 준다. 오랜만에 편안한 밤을 지냈다. 아침에 일어나니 주인은 이미 양 떼들과 목초지로 떠났고 부인네와 아이들만 있다. 최 형이 이럴 때를 대

비해 가져온 손목시계를 주면서 고마운 인사를 하고 나왔다.

수미산에 가다 보면 강들이 몇 곳에 있어 길을 가로막고 있다. 운전기사들이 트럭을 물가에 세워 놓고 내려서 위아래로 다니면서 맞은편 언덕을 살피고 돌도 던져 본다. 그리고 차를 출발시키는데 우리 생각과는 영 다른 쪽에서 물로 들어가서는 바로 건너는 것이 아니라 물을 거슬러 올라간다. 그리고는 갑자기 커브를 틀어 물 밖으로 빠져나온다.

밤이 늦어 우리는 야영을 한다. 고독한 티베트의 광야曠野, 작은 호숫가에 최 형과 둘이 마주 앉아 맥주를 마신다. 티베트의 광막廣漠하고 헐벗은 산들에 익숙해지면서 그 순수純粹함이 가슴을 적셔온다. 시간은 정지해 있는 듯 사위四圍는 적막寂寞하고 깊은 밤하늘에는 별들이 총총하다. 여기는 원시原始의 정령精靈들이 숨 쉬는 곳, 나는 이곳이 점점 좋아지기 시작한다.

라싸를 출발한 지 엿새가 되는 날.

차는 정신없이 달리고 트럭 뒷자리는 미친 듯이 튄다. 간간이 웃고 농담하던 여유는 트럭 밖으로 떨어져 나가고 모두 몸 가누기에 바쁘다. 이 짓을 누가 시켜서 하는 거라면 그 시킨 사람은 저주를 받아 몇 번이고 지옥에 갔을 것이다.

트럭이 다시 출발하고 얼마 가지 않아 갈 지之자로 길을 오르고 마침내 넓은 들판에 올라선다. 그 들판에는 수백 개의 조그만 돌무더기들이 흩어져 있다. 순례자들이 부처님을 향한 정성精誠을 담아 쌓아 놓은 이들 돌무더기는 하나하나가 조그만 탑의 형상을 하고 있다.

얼마 멀지 않은 곳에 수미산이 보인다. 수미산은 앞에 펼쳐진 넓은 들판을 안고 남쪽을 향해 홀로 우뚝 솟아 있다. 흰 눈이 덮인 수미산은 오후의 햇빛을 받으며 초연超然하게 서 있고 몇 조각 하얀 구름이 주위를 떠돈다. 해발 7,227 미터지만 서 있는 곳이 이미 4,500 미터를 넘는 고원이기 때문에 그리 높아 보이지 않는다. 수미산은 그 중턱에서부터 정상까지가 거대한 하나의 바위로 된 봉우리이다. 처음 보는 그 모습은 배를 좀 내밀고 앉아 위엄威嚴을 보이는 임금님 같기도 하다. 산 중턱에는 비슷비슷한 조그만 산봉우리들이 주봉主峰을 빙 둘러 있어 부처님께서 오백의 보살菩薩들을 거느리고 계신다는 수미산의 설화를 연상聯想시키기에 충분한 형상形相이다.

2) 수미산과 마나사로바(Manasarover)

수미산 남쪽에는 마나사로바 그리고 라카스탈, 두 호수가 있다. 마나사로바(manas는 마음, sarovar는 호수)에서는 인도와 그 주변 국가들의 문명에 결정적인 역할을 하고 있는 네 개의 큰 강이 발원發源한다고 한다. 이 두 호수 중 영적으로 중요한 의미를 갖는 것은 마나사로바이다.

‘수미’의 산스크리트어인 ‘Sumeru’는 몸의 중추신경계中樞神經系를 가리키는 말로서 수미산은 영적 우주의 중심축中心軸을 의미하고 마나사로바는 그 산山의 영적 에너지를 저장하는 호수로 믿어져 왔다.

마나사로바는 인도인들이 신성시하는 ‘강가’가 발원하는 호수여서 그들에게는 수미산 버금가는 성소聖所다. 그 아래 리

114

시케시나 바라나시에서 '강가'에 몸을 씻는 것이 일생의 소망所望인 인도인들에게 그 발원지發源池인 마나사로바는 꿈같은 곳이다. 호수에는 남쪽에 있는 만년설산 굴라만다라Gurlamandhala가 담겨져 있다. 거울보다도 투명透明한 푸른 호수와 그에 비친 흰 설산의 신비스러운 자태姿態 앞에서 우리는 그저 침묵할 뿐이다. 공기는 맑고 물은 투명하여 호수의 바닥이 그대로 보인다.

이 호수는 해발 4,530m에 둘레가 86km, 이백 리가 넘는다. 그 큰 호수가 실제보다 아주 작게 느껴진다. 호수의 맞은편 언덕이 마치 망원경으로 보듯 눈앞 가까이에 있다. 모든 것이 희박稀薄한 공기와 작열灼熱하는 태양이 이루어내는 마술魔術이다. 희박한 공기는 빛을 산란散亂시키지 않아 우리의 거리 감각을 뺏어갈 뿐 아니라 태양열도 전도傳導시키지 못한다. 별이 뜨거워 초르텐의 그늘로 몸을 옮기면 얼마 되지 않아 추워져 다시 햇볕으로 나오게 된다. 한두 차례 들락거리다 뒤편 언덕으로 오른다.

여행 5. 수미산 여행 ②: 오체투지, 가장 낮은 곳에서 열리는 마음

수미산 순례(巡禮)

수미산은 히말라야산맥 중에 있지만 동북쪽에 될마 고개Drolma La가 있는 산줄기와 연결되어 있을 뿐 거의 홀로 떨어져 솟아있다. 이처럼 산이 독립獨立되어 있어 그 주위를 원을

그리며 돌 수 있다. 수미산을 한 바퀴 도는 순례를 코라^{Cora}라
고 한다. 수미산 코라의 거리는 52km이다.

가) 수미산 서편

순례가 시작되는 곳은 다르첸^{Darchen}이다. 다르첸은 수미
산 남쪽 기슭에 자리한 작은 마을로 전에는 같은 이름의 사원
이 있었다고 한다. 다르첸을 출발하여 한 시간쯤 걸어 서쪽 계
곡으로 돌아서는 고개 마루턱에 올라선다. 수미산이 그 위용偉
容을 드러내 보인다.

길옆에 한 무더기의 돌들이 탑처럼 쌓여있고 그 앞으로
조그만 공간이 마련되어 있다. 코라 중에 수미산을 잘 볼 수
있는 곳은 몇 안 된다. 그 공간은 수미산의 눈 덮인 정상頂上을
향해 오체투지를 하는 첫 번째 장소다. 배낭을 벗고 세 번의
오체투지로 수미산에 경배를 드린다.

수미산 서편과 맞은편 절벽絶壁 같은 산山 사이는 아미타
불이 계신다는 계곡이다. 그러나 이곳은 계곡이라고 하기에는
너무 넓은 초원草原이다. 수미산 서편의 절벽은 심하게 침식侵
蝕되어 거인巨人들의 입상立像을 이루었다. 한 발 내딛고 서 있는
듯한 이들은 아마도 불법佛法을 수호하는 사천왕四天王의 부하 장
군들일 것이다.

그 절벽 밑을 따라 가는데 한 쪽 중턱쯤에 평평한 언덕
이 있고 독수리들이 그 위를 선회旋回하고 있다. 조장鳥葬-風葬터
가 분명하다. 조장은 나무가 절대적으로 부족한 티베트에서는
주요한 장례 의식 중의 하나이다.

조장은 시신屍身을 흰 천에 쌓아 하루를 집안에 안치安置시키고 라마가 독경을 하는데 그 중에 혼이 육신을 떠난다. 그리고 밤에 시신을 조장 터로 옮긴다. 거기서 독수리가 먹기 좋도록 시신을 토막 내고 사람 정강이뼈로 만든 피리를 불어 새들을 부른다. 그리고 죽은 자의 영혼은 시신을 먹은 새들과 함께 하늘로 날아오른다.

수미산 서편 절벽과 마주한 건너편 산 가파른 기슭에 사원이 하나 보인다. 축구곰파Chukku Gompa다. 곰파로 가는 길에는 조그만 냇물을 건너는 다리가 있고 그곳을 지나 산으로 오르는 길은 좁고 가파르다. 쉽게 오를 것 같던 곰파는 갈수록 더 높게만 느껴지고 몇 번을 쉬면서 숨을 가라앉히고 서야 힘겹게 다다를 수 있었다. 티베트에서 우리 눈은 별로 믿을 것이 못 된다.

저녁이 가까워 노을이 지며 거대한 계곡은 붉은빛으로 가득 채워지고 흰 눈이 덮인 수미 정상은 엷은 분홍빛이 감돈다. 수미산을 향해 몇 번이고 절을 한다. 온 몸을 던지며 어둠이 그 성스러운 모습을 가릴 때까지 천천히 절을 하고 다시 넋을 잃고 부처님을 바라보곤 한다.

저녁까지 떠나지 않는 나를 본 노스님은 법당 안쪽 바람이 불지 않는 곳의 흙바닥을 가리키며 그곳에서 자라고 한다. 흙바닥에 비옷을, 그 위에 침낭을 깔고 누었다. 개들이 옆으로 지나다니며 나를 보고 웃는 것 같다. 하루 종일 최 형이 준 육포肉脯와 비스킷 몇 쪽밖에는 먹은 것이 없지만 이상하게 별로 배가 고픈 줄 모르겠다.

나) 수미산 북편

다음 날 아침. 계곡물에 세수를 하고 길을 떠난다. 양 떼들 뒤로 한 무리의 검은 야크들이 앞을 가로막듯 다가온다. 야크들 뒤에는 말을 타고 채찍을 손에든 사람이 나를 보고 '타시테레' 한다. '타시테레' 나도 그들에게 인사를 하며 손을 흔들어 준다. 인도에서의 인사말은 '나마스테', 라다크에서는 '줄레이' 그리고 티베트에서는 '타시테레'이다. 모르는 사람들끼리라도 서로 만나면 인사말을 보낸다.

한 젊은이가 오체투지로 수미산 순례길을 간다. 가까이서 본 그의 모습은 준수俊秀하고 눈빛은 더할 나위 없이 맑다. 한 번 그리고 다시 일어나서 손을 모아 이마에서 가슴으로 가져가고 몸을 땅에 엎드리며 두 팔을 앞으로 뻗는다. 허영심을 품고는 가까이 다가갈 수 없는 경건敬虔함이 배어 있다.

서편의 그늘진 아미타불 계곡의 절벽이 끝나고 산등성이를 돌아 나오자 아침 햇살이 눈부시다. 수미산 북편에 들어선 것이다. 몇 시간 후, 다라푹 곰파Driraphuk Gompa와 그 아래쪽에 순례객들을 위한 일자一字로 지어진 게스트 하우스가 보인다.

다라푹 곰파에는 젊은 주지 스님과 불상을 만드는 화공畵工 그리고 어린 사미沙彌, 셋뿐이다. 주지 스님께 다음날 어머님 제祭를 드리고 싶다 말씀드리며 촛불과 스님의 독경讀經 그리고 오체투지를 할 수 있는 공간을 부탁한다. 법당은 너무 좁아서 오체투지를 하려면 이것저것 좀 치워야 했다.

저녁에 곰파에 올라가 촛불이 켜진 불단佛壇 앞에서 스님의 독경을 들으며 어머님 제祭를 올린다. 스님은 앞에 티베트 경전을 놓고 손에 다마루라고 하는 작은 북을 들고 있다. 다마루는 작은 방울을 단 끈을 북에 연결해서 앞뒤로 돌릴 적마다 방울이 북을 두드린다. 불단에는 달랑 두 개의 촛불만 켜져 있다.

라다크에서의 예수재預修齋(살아계신 분의 극락왕생을 비는 의식)에 비하면 초라하지만 그때와는 달리 이제 내 곁에서 떠나신 어머님에 대한 느낌은 애절哀切하다. 스님이 다마루를 흔들자 작은 북소리가 법당에 퍼지고 독경이 시작된다. 몇 번인가 오체투지를 하며 낮은 목소리로 '어머님 좋은 데로 가십시오.'를 되풀이하는 중에 목소리가 조금씩 커진다. 그리고 울음이 쏟아진다. 볼을 타고 흐르는 눈물을 씻을 생각도 없다. 슬픔은 더욱 깊어지고 내가 그 느낌 속으로 빠져든다. 울면서 절을 계속하고 눈물은 점점 더 쏟아진다. 그냥 울음이 터진다. 어머님이 돌아가셨을 때도 울지 않았다. 그러나 이제 어머님을 보내드리고 참아왔던 가슴을 저미는 아픔이 곪아 터지는 듯 한껏 울음이 터져 나온다.

2년 전에 어머님이 계실 때 라다크에서 예수재를 드린 것은 축원祝願이었지 슬픔은 아니었다. 어머님을 보내드리고 바로 떠나 온 여행이었기에 문득 돌아가면 어머님이 맞아 주실 것 같은 생각이 스쳐지나 가곤 했다. 슬픔은 떠난 사람에게 다 주지 못한 사랑의 남은 몫이다

다음 날 오후 늦게 비가 쏟아지기 시작한다. 이런 높고 깊은 골짜기에서 구름이 모여들고 비가 쏟아지는 것은 순식간의 일이다. 하늘이 갑자기 어두워지고 늦은 오후가 한 밤으로

건너뛴다. 게스트하우스 처마 밑에서 얼마쯤 비를 바라보고 있는데 어두운 빗속을 배낭을 진 사람이 걸어온다. '이 차가운 빗속을?' 그건 참 보기에 안쓰러운 모습이었다.

놀랍게도 다가온 사람은 라싸에서 만난 염 군이다. 그리고 그 뒤로 얼마간 거리를 두고 최 형이 오고 있다. 침대 방으로 끌고 들어가 젖은 옷을 벗기고 배낭에서 침낭을 꺼내 그 속으로 몸을 밀어 넣게 하고 다시 그 위에 이불을 덮어주는데 최 군과 김 군 등이 차례로 들어선다. 그들의 얼굴 표정은 두려움으로 사색死色이 되었다. 모두 한쪽 벽에 나란히 놓인 침대에 누워서 떨며 한 시간쯤 지나서야 조금씩 몸들이 풀리는 것 같다. 마음이 여린 최 군은 '아- 이대로 죽는 구나'하는 생각이 떠오르더란다.

이들과 하루를 보내고 다음 날 남은 코라를 위해 길을 떠난다. 쉬고 있는데 지나던 젊은 비구니들이 오더니 손짓과 얼굴표정으로 내 배낭을 져다 주겠다고 한다. 스무 살 정도의 여자애들, 풋풋한 모습이 참 아름답다. 그 아름다움은 단순單純하고 밝게 사는 데서 오는 천진天眞함이다. 그들은 인간의 의지意志나 희망보다는 티베트의 햇빛과 토양土壤에 의해서 키워지고 있는 것 같다.

그렇게 힘들여 언덕에 올라서자 멀리 '될마 라'('라'는 티베트어로 고개)가 보인다. '될마'는 '타라'의 티베트 이름이다. 타라보살은 관세음보살이 흘린 눈물로 만들어진 연못에서 태어났다고 한다.

될마의 고개 아래에서 쉬면서 최 형이 준 육포를 먹는다. 산을 타고 내려오는 여인들의 노랫소리가 들려온다. 가사歌辭는 없이 높은 음音만 끊이지 않고 이어지는, 바람 소리 같은 노래가 고개 아래 계곡으로 넓게 퍼져 나간다. 이 여인들의 노래에는 영혼의 원초적原初的 울림이 강하게 전해온다. 그 노래에는 길게 퍼지는 영혼의 울림뿐 소녀少女의 달콤한 감상感想과는 거리가 멀다.

티베트의 하늘, 산, 태양 등 모든 자연에는 앞에 '절대적'이라는 수식어가 붙어야 본 모습에 가까워진다. 자연은 결코 풍요롭게도, 따뜻하게 품어주지도 않는다. 혹독한 추위와 뜨거운 햇볕이 서로 모르는 체하며 공존共存하며 인간에게는 조그만 욕심도 허용하지 않는다.

짐은 줄이고 줄여 한 손으로 들 수 있는 정도지만 한 일이십 분 걷다보면 차츰 무거워지기 시작해서 끝내 쌀가마니처럼 몸을 짓누른다.

될마 고개를 오른다. 위를 치어다보는 것도 아래를 내려다보는 것도 쉴 때뿐 걷는 동안에는 바로 발 앞만 내려다본다. 높기는 높았다. 400미터 이상 곧추세워진 고개다.

고빈다는 '구루의 땅'에서 이렇게 쓰고 있다. '많은 순례자들이 이 엄청난 고개를 오르다가 죽음을 당했다. 거기에는 몇 분 안에 사람을 꽁꽁 얼어붙게 만드는 강풍强風이 수시로 분다. 그리고 희박한 공기 때문에 몸을 조금만 움직여도 숨이 찬다.'

될마 라에 오르니 수미산 북편과 이 고개 사이는 온통 바위와 얼음으로 덮인 깊은 계곡이다. 그리고 동쪽으로 까맣게 아래에 푸른 분지盆地가 보인다. 이제 어려움은 끝이 난 것 같다.

다) 수미산 동편

푸른 분지에는 수미산 북쪽으로부터 흘러내리는 냇물이 몇 갈래로 갈라지면서 풀밭을 적신다. 거기에 어른 엄지손톱만 한 노랗고, 빨갛고 파란 야생화野生花가 마치 수繡를 놓은 듯 들판을 덮고 있다. 푸른 풀밭은 넓게 펼쳐진 무늬가 화려한 양탄자처럼 걷는 발걸음에 폭신한 촉감이 전해온다.

밝은 햇빛이 비추는 들판을 가다 냇물을 만나면 건너뛰기도 하고 아니면 멀리 길을 돌기도 한다. 즐거운 야외野外 나들이처럼 가볍고 상쾌하다. 비가 몇 방울씩 떨어져 들판이 미끄러워진다. 미끄러운 들판을 걷자니 힘이 두 배로 든다. 들판은 가도 가도 끝이 없는 듯 멀기만 하다.

두 시간쯤 걷고 나니 힘이 빠져 허우적거리게 된다. 앞에 가던 티베트 젊은이들 중에 하나가 돌아와 내 배낭을 빼앗듯 가져간다. 그렇게 해서 주틀푹 곰파에 도착했다. 그 티베트 젊은이는 배낭을 남겨 놓고 이미 다르첸으로 떠났다. 인사도 안 받고…….

아침에 비가 그치기를 기다려 다르첸으로 출발한다. 잠을 설친 탓에 무거운 몸을 끌고 산비탈에 난 작은 길을 따라 터벅터벅 걷는다. 평지가 나타나고 그 안쪽 산기슭에 다 허물어져 돌들만 뒹굴고 있는 절터가 보인다.

두세 시간을 걷고 나서 물이 세차게 흐르는 깊은 골짜기의 오른쪽 언덕에 올라선다. 수미산의 남쪽 넓은 들판이 보인다. 티베트의 태양은 삭막索莫한 들판조차도 황금빛으로 빛나게 한다. 이제 다 왔다는 생각이 앞서니 오히려 길은 멀리만 느껴진다. 저 언덕을 넘으면, 저 모퉁이를 돌면 하기를 몇 차례하고서야 다르첸 마을이 보인다.

라) 수미산을 떠나면서

식당을 찾아가 밥을 먹고 냇가로 가서 씻고 한숨 잔다. 오후에 일어나 들판을 한가로이 거닌다. 하늘이 어두워 쳐다보니 언제부터인가 태양 주위에 햇무리가 이루어져 있다. 태양은 검은 색 유리를 통해 보듯 그 밝음을 잃은 채 검붉은 색이다. 캄캄하고 검은 큰 원이 하늘을 덮고 있다. 그리고 그 큰 원의 가장자리에서는 밝은 빛이 사방으로 방사放射되고 있다. 하늘은 자취를 감추고 햇무리만 남아있는 듯, 그 느낌이 강열하다.

어떤 놀라운 기적奇蹟이라도 일어날 듯, 티베트에는 아직 하늘도, 땅도 모양을 갖추기 전, 태초太初의 모습이 그대로 남아 있다.

이곳의 저녁노을은 자줏紫朱빛에 가깝다. 끝 모르게 펼쳐진 서쪽 들녘. 거기에는 갖가지 형상의 구름이 강하게 부는 바람을 따라 흘러간다. 그 구름들이 석양夕陽의 조명照明을 받아 시시각각 색을 바꾼다. 흰 구름, 분홍, 자주, 검정, 황금빛 어느 색도 고정되어 있지 않다.

마나사로바 호수를 가리고 있는 언덕 위로 몇 가지 색이 떠오르고 있다. 조금 지나면서 무지개의 일곱 빛깔이 하늘을 향해 거대한 기둥들을 만들어 간다. 기둥들의 경계는 분명치 않으나 병풍屛風처럼 언덕 위에 하늘을 장식裝飾한다. 그 시간은 불과 몇 분 정도, 서서히 색깔이 엷어지며 스러져 간다. 마나사로바 호수가 한낮의 열기를 식히며 내뿜는 수분水分이 석양夕陽의 방향에 의해 무지개가 아닌 이런 병풍 형상으로 나타나는 것 같다.

티베트는 거칠고 광활하며 황량荒凉한 대지大地이다. 투명한 하늘, 광막廣漠한 고원, 찬란한 태양과 빠르게 변화하는 거대한 검은 구름, 하늘에 맞닿아 있는 고개와 그리고 그 너머에 있는 아름다운 만년 설산, 이들이 태초太初를 연출한다.

이 고원에는 타는 듯한 태양의 광폭狂暴한 열기와 뼛속까지 파고드는 얼어붙는 추위, 이 둘이 공존한다. 어디에서도 부드러운 따스함을 느낄 수 없다. 그러나 광막한 티베트의 자연에 조금씩 익숙해지며 처음의 황량하다는 느낌에서 벗어나면서부터 알 수 없는 힘에 이끌리듯 마음이 편안해지고 영혼은 자유로워진다. 내 영혼을 삼키듯 티베트의 자연은 차츰차츰 나를 그 자신의 일부로 받아들인다. 그 힘은 돌덩어리처럼 자리 잡고 있던 아상我相을 서서히 해체解體시킨다.

티베트의 자연은 인간의 탐욕을 허락하지 않는다. 고행苦行하는 수도승처럼, 생활 자체가 고행인 그곳에서 자연은 사람들의 마음을 맑고 깨끗하게 정화淨化시킨다. 고행은 고통을 넘어선 곳에 있는 청정淸淨한 마음, 맑아진 영혼의 기쁨이다. 떠나는 날 아침에 아쉬움을 안고 수미산 남녘 넓은 들판에 나간다.

아침의 들녘은 눈부시다.

서쪽 하늘을 덮은 검은 구름이 멀리 밝은 들판과 야트막한 언덕 위에 머물고 있다. 그 검은 구름은 마치 조명照明으로 밝혀진 무대 위에 막幕처럼 드리워 있다. 아침의 강한 햇살을 받은 황금빛 들판이 검은 구름 아래로 깊숙이 들여다보인다. 어둠과 밝음의 대조는 극명克明하다. 마치 스포트라이트를 받고 있는 막이 반쯤 오른 무대 안쪽처럼.

그곳은 이제 막 태초太初를 연출하려는 자연의 무대이다. 오늘은 또 어떤 경이로운 광경을 보여 줄지- 관중觀衆의 한 무리가 떠나간다.

트럭이 출발한다. 계곡에는 산에서 내려오는 물이 콸콸 흐르고 그 위로 갈매기들이 많이 날고 있다. 운전기사 암도가 그런 계곡의 건널목에 차를 세운다. 그리고 지나다니는 차바퀴에 파여 넓은 웅덩이가 된 곳에 돌을 주어 던진다. 그곳에는 팔뚝만 한 물고기들이 있어 그들을 쫓고 있다. 그는 트럭 바퀴에 물고기가 깔릴까 걱정한다.

티베트인들은 물고기를 먹지 않는다. 물고기는 작아서 식량食糧이 되지 않아 그 살생殺生은 불가피한 것일 수 없기 때문이다. 이전에 티베트에서는 가축을 도살屠殺할 경우에 동물에게 용서를 구하며 그들이 좀 더 나은 생명으로 다시 태어나기를 기도祈禱하는 의식을 해주었다고 한다.

암도의 이런 마음 씀씀이가 참 좋다. 그의 일상생활에는 이미 부처님의 가르침이 녹아 배어 있다. 재미로 낚시하고 사냥하는 소위所謂 문명인들, 다른 생명이 피를 흘리며 고통스러

위하는 것에서 쾌감을 느끼는 이들의 잔혹함이 떠오른다. 그들에게 이 오지奧地, 티베트인의 아름다운 마음을 보여주고 싶다.

티베트 노인들에게 무엇을 위해 기도를 하느냐고 몇 번물은 적이 있다. 그런데 그들의 대답은 한결같이 사람들을 포함한 모든 생명이 다 함께 평안하기를 기원祈願한다는 것이다. 이러한 그들의 대답에는 조그만 가식假飾도 머뭇거림도 없었다. 한 번도 자기나 자식들의 장래를 위해 한다는 대답을 들은 적이 없다. 나는 이런 티베트인들을 좋아하지 않을 수 없다.

트럭은 요란스럽게 튀어 오르고 흙먼지가 불어닥치지만 이제 그런 것은 당연하고 단순한 고생일 뿐 따로 신경을 소모시키지는 않는다. 어떤 날은 트럭이 강물에 빠져 강물 위에서 밤을 보낸 적도 있다.

랏세에 도착하여 우리는 오랜만에 호텔 레스토랑에서 몇 가지 요리를 놓고 재스민 차도 마셔가며 환담歡談을 즐긴다. 컵라면 하나로 하루를 보낸 적도 여러 번이고 운전기사 숙소에서는 국수 한 그릇, 어느 곳에서는 맨밥에 반찬이라고 설탕을 준다. 아침은 아예 생각도 않고 살았다. 그렇게 먹으면서 튀는 트럭을 타고 가서 힘든 코라는 무슨 정신에 했는가 싶다.

이번 길을 최 형과 함께 할 수 있었던 것은 참 행운이었다. 그는 영감이 풍부한 문인文人으로 나 같이 무미건조한 성품으로는 이해되지 않을 만큼 순수하고 따듯한 면을 가지고 있다. 그는 몇 년 전 겨울에 시인詩人 친구와 스위스 레만호에 갔었다고 한다. 눈이 조금씩 내리는 얼어있는 호수에는 한 무리의 백조白鳥가 앉아 있었고 그 분위기가 너무 좋아 시인은 라이나 마리아 릴케의 시詩를 알 수 없는 격정激情 속에 노래하고는 둘이 함께 울었다고 한다.

라싸에는 오후 늦게 도착했다.

다시 야크 호텔로 가니 사람들이 우리를 쳐다본다. 저희들도 배낭족인 주제에(?) 우리를 바라보는 표정이 '어떻게 저런 꼴이 되었나?' 싶은 모양이다. 그래도 샤워를 하고 옷을 갈아입으니 그 기분을 뭐라 해야 할지, 감격(?)이 맞는 말 같다. 이제 밀려드는 한족漢族 때문에 그 고유의 아름다움을 잃어가는 라싸, 그 라싸를 떠날 시간이다.

나는 티베트의 고원高原에 외롭게 서 있다.

'길을 일코 헤매는 어린양이 그리우어서'(한용운의 '군말' 中) 시를 쓰시는 분의 모습을 뵙고 싶다.

초연히 선정禪定에 든 순백純白의 수미산
영혼의 울림을 실어 보내는 티베트 여인의 노래
붉은 댕기 트레머리의 건장한 남정네의 웃음
손을 흔들어 주며 산길을 가는 풋풋한 처녀의 아름다움
그리고 천진한 웃음으로 맞아 주는 유목민 가족
절대 경지에 가까운 산들의 순수함
투명한 대기와 태양의 밝은 광채
자유로운 영혼들이 숨 쉬는 티베트의 광야.

불교의 정화精華를 안은 연꽃을 곱게 피우고 있는 아름다운 연못 라싸, 그 라싸가 진흙밭으로 메워지는 모습을 가슴 아프게 바라보며 티베트를 떠난다. 나는 이들을 오랫동안 그리워하게 될 것이다. 그리움이 쌓여 언제 다시 찾게 될지 지금으로서는 알 수 없다.

근원, 본성에 대한 일반적 이해: 껍데기를 벗겨내면 남는 것들

1. 개론

삶의 근원을 사유한다는 건 곧 우리 생명, 자연 존재의 본성을 사유한다는 것이다. 우리는 죽음을 잊고 산다. 그러나 그렇다고 해서 죽음이 멀어지는 것은 아니다. 죽음에 대해 우리는 아무것도 모른다. 그 누구도 죽음을 경험할 수 없다. 다만 시신屍身같이 죽음이 남기고 간 흔적痕迹을 통해 그것을 사유할 뿐이다. 우리가 알 수 있는 것은 죽음은 절대絕對라는 사실뿐이다. 그 앞에서 삶은 한없이 무력하다. 삶은 그 옆을 슬쩍 스쳐 지나가는 환영幻影같다. 그렇다고 삶이 무의미하기만 한가?

우리는 그 환영을 환한 불꽃으로 만들 수도 있다. 그것은 죽음이 있기에 그렇게 할 수 있다. 죽음이라는 거울이 있기에 우리는 삶이 순간적임을 안다. 그렇게 해서 우리는 '나', 내 삶에 집착하지 않는 좋은 삶을 살 수 있다. 좋은 삶을 위해서는 근원, 본성을 사유思惟해야 한다. 근원, 본성은 삶의 좌표座標를 제공하기 때문이다.

형이상학形而上學에서는 본성을 초감성적超感性的(경험될 수 없는)세계라고 하는데 플라톤의 이데아Idea세계, 칸트의 물자체(사물의 본성), 하이데거의 존재存在가 그것이다. 기독교 신神은 초감성적인 것으로 해석되는 것들을 대표하는 존재다. 중국철학에서는 본성을 자연自然이나 기氣, 불교에서는 공空 또는 법성法性이라고 한다.

본성本性이 형이상학이나 종교 교리의 주제主題가 될 경우 그것은 심오한 성찰省察이나 영감靈感을 필요로 한다. 그리고 그 능력은 몇몇 특수한 사람들에게만 허용된다. 그들을 우리는 선각자先覺者나 성인聖人이라고 한다. 그러나 본성, 초감성적인 세계는 철학이나 종교만 해당되는 것은 아니다. 그것은 세속의 세계에서나 과학에서도 볼 수 있다.

2. 세속과 초자연적 세계

초자연적인 세계는 항상 우리 일상과 함께 하고 있다. 제사祭祀, 마을 신神을 모시는 성황당城隍堂도 그렇고, 우리가 흔히 말하는 '하늘이 맺어준 인연'이라든가 '인생은 나그네길 어디서 왔다 어디로 가는가.'같은 유행가流行歌 역시 그런 예이다.

주술사呪術師, 무당巫堂, 점을 보는 사람들은 영감靈感을 받아 말하고 행동한다. 그들에게 영감靈感을 주는 원천源泉을 초감성적 세계라 할 수 있다. 우리 어머니는 점쟁이의 말에 대한 신념信念이 있었다. 신념이란 사실이라고 믿는 마음이다.

내가 초등학교 6학년 때 어머니는 나를 이학상이라는

꽤 유명한 점쟁이 집에 데리고 간 적이 있다. 우리 어머니는 제일 맏이고 남자 동생 다섯이 있었는데 그중 넷째가 가장 똑똑하고 우리 집과도 가까이 지냈다. 그날 어머니는 점쟁이에게 넷째 동생 문제로 무언가를 물으러 갔는데 그 점쟁이는 넷째 외삼촌이 내년 봄에 죽을 것이라고 했다. 나는 그 말을 어머니 곁에서 분명히 들었다. 아무리 점쟁이라도 남, 그것도 젊은 사람의 죽음을 시간까지 말한다는 것은 범상凡常한 일은 아니다.

어머니는 그분과 친분이 있었고 액厄막이가 가능한지, 있다면 어떻게 해야 할지를 묻기 위해 저녁때 까지 남아서 기다렸다. 그런데 그 액막이라는 것이 첩妾을 얻어 2년 동안 집을 나가있어야 한다는 것이었다. 어머니는 포기했고 그 삼촌은 그의 말대로 다음 해 봄에 군용차軍用車에 치어 돌아가셨다.

한참 후에 어머니는 그때 왜 포기했는가를 말씀하시었는데, 그보다 십 년 전쯤 큰 외삼촌에게도 똑같은 경우가 있었다. 어머니는 큰 올케를 설득, 강요하여 비록 곰보 첩妾이기는 했지만, 돌부처도 돌아앉는다는 그 일을 실행, 액막이를 했다. 그렇게 2년이 아무 일 없이 지나갔고 남은 것은 주위로부터 받는 비난非難뿐이었다.

그 액막이가 효과가 있었는지 아닌지는 아무도 모른다. 확실한 것은 아무 일도 일어나지 않았다는 것이다. 어머니의 액막이에 대한 믿음이 그 욕을 또 감수할 만큼 강強하지 못해서인지, 어머니는 포기했고 넷째 외삼촌은 돌아가셨다.

그 점쟁이의 영감靈感을 어떻게 평가해야 할까? 그것을

우연으로 치부置簿하고 말까? 내 생각은 이렇다. 그것은 창호지窓戶紙의 바늘구멍만 한 틈을 통해 들어오는 햇살 같은 것이라고…….

그 점쟁이가 말한 영감의 근거, 원천源泉은 실재하는 '그 무엇'일까? 나는 그것이 실재實在한다 하더라도 그것에 내 삶을 의탁依託할만 한, 그보다도 하고 싶지 않다. 그런 실재, 그렇게 구체적으로 인간의 삶에 개입하는 초감성적 존재는 믿을 수 없다.

그것이 본성本性을 부정否定한다는 의미는 결코 아니다. 다만 본성은 결코 현상, 세상살이에 구체적으로 관여하지 않는다는 뜻일 뿐이다. 하이데거는 존재(본성)에 대해 유일무이唯一無二한 것, 개념파악槪念把握에 저항하는 것, 가장 침묵沈黙하는 것이 본성의 본연本然이라고 한다.

3. 아인슈타인의 4차원의 세계

현상세계를 다루는 물리학物理學의 관심은 물론 본성本性을 탐구하는 데 있지 않다. 그러나 현상세계의 궁극窮極을 추구하다 보면 그것이 그 본성에 닿는 것은 어쩌면 당연하다.

아인슈타인은 4차원을 시공간時空間 즉 공간(현실)에 시간을 더 한 것이라 한다. 우리가 사는 공간은 인식 대상이다. 그러나 시간은 인식을 가능하게 해주는 인식의 틀이지 인식할 수 있는 대상이 아니다. 즉 초감성적이다.

아인슈타인이 의식했든 아니든 그가 말한 4차원은 초감성적 세계이다. 부연敷衍하자면 우리가 사용하고 있는 시계의 시간은 반복적反復的인 일정 운동량을 계량計量하여 만든 시간이다. 그것은 인간이 만든 시간이지 본래의 시간은 아니다.

나는 중학교 때 4차원에 대한 설명을 처음 들었다.

중학교 3학년 수학數學 시간. 키가 작고 두터운 안경을 쓴 기하幾何 선생님이 카랑카랑한 목소리로 '기하라는 학문은…' 하며 차원次元에 대해 설명한다. 선생님은 먼저 학생들의 주의注意를 유도한다.

'너희가 기하를 잘 배우면 부자富者가 될 수 있다.'

선線은 1차원이고 평면은 2차원 그리고 3차원은 입체立體로 우리가 사는 공간空間이다.

선線에 있는 물체를 2차원인 평면으로 끌어내면 1차원에서는 모른다. 똑같이 평면의 물체를 3차원 즉 공간으로 끌어올리면 2차원에서는 그 물체가 어디로 갔는지 모른다. 한국은행에 있는 돈은 우리가 사는 공간인 3차원에 있다. 따라서 너희가 4차원을 발견해서 그 돈을 4차원으로 옮기면 아무도 그 돈이 어디로 갔는지 모른다. 너희는 부자가 된다.

아인슈타인은 4차원을 시공간時空間 즉 3차원 공간에 시간을 더한 것이라고 한다. 그는 E=mc²(에너지질량등가의 법칙)으로 이를 설명한다. 에너지와 질량(물질物質)은 본질에서 같고 빛의 속도의 제곱이라는 변환계수變換計數에 의해 서로 바뀔 수 있다.

그 변환계수가 빛의 속도의 제곱(c²)이다. 빛의 속도만도 0을 몇 개나 붙여야 되는지 모를 숫자인데 거기다 2, 3배도 아니고 또 그만한 수를 곱해야 한다면 그것은 상상조차 하기 힘든 숫자이다.

근대 문명 이래 수학數學은 신神에 버금가는, 신을 대체對替하는 권위를 갖게 되었다. 수학을 기반으로 한 현대 물리학物理學(사물의 이치를 밝히는 학문)은 신神의 창조創造의 비밀을 밝힐 수 있다고 자신한다.

현대인들은 수학의 절대성, 수학이 말하는 것은 그것이 누구나 인정하는, 해야만 하는 공식公式으로 증명되기 때문에 사실이라고 믿는다. 심지어 12차원이 있다고 해도, 그게 뭔지도 모르면서 사실이라고 생각한다. 수학이 증명했으니까.

고등수학의 공식은 추상抽象예술인 음악音樂의 악보樂譜보다, 거기에 있는 숫자는 음표音標보다도 더 추상적이다. 그러한 수학공식數學公式으로 표현되는 세계 역시 추상적이다.

종교宗敎에서 선지자先知者는 몇 안 된다. 그들은 자신들의 영감靈感, 신神으로부터 직접 들은 말을 보통 사람들이 알아듣도록 풀어서 말한다. 그런데 과학에서 아인슈타인 같은 몇 안 되는 물리학자들은 신의 창조의 비밀을 그들만 아는, 자기들끼리만 통하는 수학공식으로 말한다. 그 수학공식을 우리가 사는 세상에서 이해하기 위해서는 나름대로의 번역飜譯이 필요하다.

$E=mc^2$가 의미하는 것은 질량과 에너지는 서로 구분이 없으며, c^2(변환계수)에 의해 바뀔 수 있다는 것이다. 여기서 '구분이 없다'고 말한 이유는 질량이 잠재적 에너지의 표출된 상태이기 때문이다.

불교에서는 이를 색즉시공色卽是空이라고 한다. 불교의 공空

은 비어있음이 아니라 에너지로 충만한 공空이다. 그 에너지가 물질 색色을 있게 하는 물질의 본성이다.

불교에서 c^2에 해당하는 변환계수는 연기緣起이다. 화엄사상을 대성시킨 지엄智嚴은 '일승십현문一乘十玄門' 중 원융무애문圓融無礙門에서 연기에 의해 법法-空과 사事-色가 서로 바뀜에 있어 장애障碍가 없이 서로 원융圓融하다고 한다.

이는 '질량과 에너지는 서로 구분이 없으며 c^2(변환계수)에 의해 아무런 장애 없이 서로 바뀔 수 있다.'와 같은 의미다. 이 말이 4차원의 에너지와 3차원의 질량(물질)이 똑같다는 것은 아니다. 그 둘은 하나이지만 본성(에너지)과 현상(질량)의 관계로 같기도 하고 다르기도 하다.

아인슈타인의 4차원을 구성하는 시간은 영원이다. 질량의 운동이 빛의 속도에 도달한 상태에서는 시간은 멈춘다. 즉 영원永遠이다. 영원은 시간의 수평적 흐름의 무한함이 아니라 그 흐름을 수직으로 잘라낸 그곳에 있다. 영원을 시간으로 표현하지만 사실 영원과 시간은 질質, 차원次元이 다르다.

영원한 세계(4차원)는 초감성적 세계다. 즉 현상세계(3차원)를 초월해 있다. 그러나 초월적인 4차원은 3차원과 분리되어 존재하는 것이 아니라. 3차원을 포섭하고 있다. 3차원이 없으면 4차원도 없다. 4차원과 3차원은 막혀있지 않고 소통된다. 그래서 3차원의 금고金庫를 4차원으로 옮길 수 있다.

시공간으로서의 4차원의 근본성질은 에너지이다. 그 에너지가 3차원 질량(사물)의 본래성本來性이다. 본성本性은 현시된 사물(현상)과 같지만 그로부터 초월超越해 있다. 4차원의 에너지는 사물의 본성이고 그것이 3차원에서 질량(현상)으로 나타난 것이다.

주의해야 할 것은 수학공식으로 4차원을 증명했다고 해서, 다시 말해 4차원의 에너지가 3차원의 질량과 같이 지능知能에 의해 파악되는 것이라고 해서 그 에너지가 인식 가능한 것이라고 생각해서는 안 된다. 수학공식은 영감靈感을 받은 몇몇 선지자先知者에게는 아마도 인식의 대상, 알 수 있는 그 무엇일 것이다. 그러나 일반인에게 E=mc²은 여전히 추상抽象으로 남아 있다. 추상은 인식할 수 없다.

칸트가 인식할 할 수 없다(모른다)고 한 것을 아인슈타인은 숫자, 0을 몇 개나 붙여야 할지 몇몇 사람만 아는 그 숫자로 표현했다. 그렇다고 해서 그것을 인식 가능한, 인식의 범위 안의 것이라고 할 수는 없다. 철학사哲學史를 빌려 말하면 그 공식이 칸트의 인식론(현상은 인식 대상이지만 '물자체는 모른다.'를 전제前提한)을 깬 것은 아니라고 한다.

4차원 에너지는 3차원의 모든 존재자의 본래성이다. 본래성은 사유思惟의 대상이기는 하지만 인식認識할 수는 없다. 칸트는 모른다고 했고 불교에서는 수행修行에 의해 알 수 있는 경지境地라고 한다. 그것이 깨달음, 해탈解脫인데 해탈은 자유의 경지이다.

4차원(본성)을 다루는 형이상학은 현실세계를 이해하게 해주는 학문이다. 3차원인 현실세계를 다루는 과학 역시 그러하다. 형이상학은 4차원의 세계에서 현실을 내려다본다. 그래서 GPS처럼 삶의 좌표를 제공한다. 이에 비해 과학科學은 현실

세계 자체의 미로迷路에서 길을 찾듯, 사물을 꼼꼼히 살펴 생활에 필요한 것들을 제공한다. 그렇게 형이상학과 과학은 다 함께 현실 삶을 살아가는 데 필요하다.

비 굿, 어떤 사람이 되어야 할까?

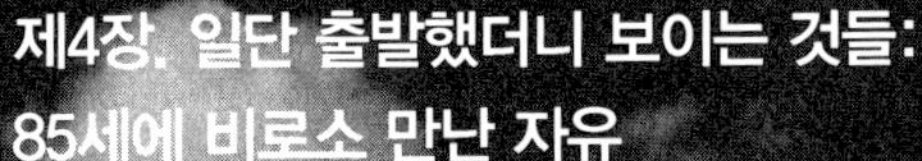

제4장. 일단 출발했더니 보이는 것들:
85세에 비로소 만난 자유

인생의 끝자락에 서 보니, 화려한 성취보다 소중한 건

'부끄러움을 아는 마음'과 '열린 가슴'이더라.

내가 마지막으로 전하는 이 얘기들이

네게는 고리타분한 꼰대의 넋두리처럼 들릴지도 모르겠다.

하지만 친구야, 이 고루함 속에는

내가 85년 평생을 걸쳐 겨우 찾아낸 보물이 숨겨져 있단다.

자, 이제 내 이야기는 여기서 끝이다.

책장을 덮고 나면,

더 늦기 전에 너만의 병뚜껑을 열고 일단 출발하려무나.

길 위에서 비로소 자유를 만나게 될 거야.

열린 마음: 병뚜껑이 열린 뒤에야 비로소 보이는 풍경

40대 어느 때. 오대산 월정사의 한 말사末寺에서 2, 3일 지냈다. 위 쪽 절에서 무슨 행사가 있어 모두 올라가고 절에는 옆 산 동굴에서 수행하고 있다는 스님과 둘만 남았다. 둘은 무료하게 앉아 몇 마디 말을 나누었는데 느닷없이 나보고 자기에게 절을 하란다.

스님은 나보다 젊다. 그런데 그런 스님이 내게 절을? 하긴 스님들 나이는 출가出家한 때부터니까……. 일어나서 스님에게 절을 한다. 빙긋이 웃으며 스님은 절을 할 때는 자기 몸을 가장 작게 만들어야 한다고 가르쳐준다. 스님은 절이 아니라 다른 걸 말하고 싶었던 것이다. 자기를 가장 낮고 작게 하라는….

1. 열린 마음(Open Mind).
1) 마음을 열려면?

마음을 연다는 것은 안으로는 자기를 낮추는 것이고 밖으로는 '싫다 좋다'를 가리지 않고 받아들이는 것이다. 둘은 별개가 아니다. 자기를 비우면(낮추면) 그만큼 뭐든 수용할 수 있는 공간이 생긴다. 자기를 작게 만드는 것이 키Key다. 나는 그걸 하심下心이라고 한다.

마음을 열면 모든 살아있는 생명에 대한 사랑과 연민의 장場이 열린다. 두려움이나 미움. 분별에서 벗어나 모든 생명과의 연대감連帶感, 사랑이 인다. 사실 마음을 여는 것(두려움이

나 미움. 분별에서 벗어나는 것)은 자기 초월超越에 한 걸음 들어서는 것이다.

사실 좋은 세상을 만드는 것도 사회적 이념理念(Communism, Liberalism)이 아니라 열린 마음이다. 마음을 열면 만민萬民이 동등한 사해동포四海同胞를 이룬다.

마음을 열려면 어떻게 해야 되나? 간단하다. 마음 안 깊숙이에 있는 아집我執과 아만我慢을 쫓아내면 된다. 아집은 세상을 있는 그대로 바로 보지 못하고 왜곡歪曲시킨다. 그리고 그 왜곡된 좁은 세계에 스스로를 가두는 자기 구속拘束이다. 그 아집 위에 자기가 남보다 우월하다고 믿는 것이 아만이다.

우리는 자유自由를 원한다. 신神으로부터 해방됐다고 그것이 자유는 아니다. 자유는 아집이라는 자기 구속에서 벗어난 곳에 있다. 마음에서 아집과 아만을 쫓아내기는 말로는 간단하지만 결코 쉬운 건 아니다. 정도가 심하던 아니던, 표면으로 드러나건 아니건 간에 아집과 아만은 항상 우리와 함께 있다.

우리가 안다는 것은 무엇인가를 의식意識한다는 것이다. 그리고 우리가 의식할 때 아집, 아만은 이미 그곳에 와 있다. 왜냐하면 아집, 아만은 의식의 산물産物이고 모든 의식은 자기 의식이기 때문이다.

스님들이 평생 수행修行을 해도 쫓아낼까 말까 하는 것이 아집이고 아만이다. 그만큼 마음을 여는 것은 쉽지 않다. 우리가 할 수 있는 것은 다만 마음을 열려는 노력뿐이다. 마음을 열면 우리 삶을 풍요롭게 하는 모든 가능성이 펼쳐진다. 타인을 관용하는 것, 돕는 것, 자신을 자유롭게 하는 것 등등이 마음을 열면서 가능해진다.

2) 관용(寬容)

아집我執은 우리를 삶 본연本然으로부터 차단遮斷시켜 생명의 유연柔軟함을 잃게 한다. 그 고집은 우리의 사고思考를 딱딱하게 만든다. 융통성融通性이 없다. 남을 받아들이지를 못한다. 열린 마음은 다른 가치평가, 소위 신념信念이라는 것을 받아들인다. 관용이 그런 것이다.

누구나 자신이 원願하는 삶의 목표를 자기가 옳다고 믿는 신념에 따라 살아갈 자유가 있다. 그러나 마음이 굳어 다른 신념을 받아들이지 않고 자기 신념만 고집하면, 그 신념이 옳고 그르든 간에 불행한 결과를 가져올 수 있다. 히틀러도, 캄보디아의 폴 포트도 자기 신념이 옳다고 생각했을 것이다.

칼뱅Calvin은 종교개혁을 이끌었고, 우리나라에서 가장 큰 기독교 계파인 장로교長老敎를 세웠다. 장로교는 성역聖域을 담당하는 목사와 함께 세속의 일을 담당하는 장로長老가 있어 이 둘이 교회를 꾸려나간다. 칼뱅은 16세기 인구 16,000명인 제네바의 시의회市議會를 장악함으로써 성속聖俗 모두를 장악했다.

그의 통치 5년. 13명이 교수대絞首臺, 35명이 화형火刑 당했다. 감옥에 갇힌 사람들은 교도소장이 더는 죄수를 받을 수 없다고 시의회에 통보할 정도로 많았다. 유죄 선고를 받은 사람뿐 아니라 혐의를 받은 사람에게도 거리에서 채찍질을 당하고 발바닥을 불로 지지고, 불로 달군 쇠꼬챙이로 혀를 뚫었다. '칼뱅 선생님'에게 '칼뱅 씨'라고 해서, 교회에서 사업 얘기를 한다고 감옥에 보냈다. 세례식에서 웃음을 지어도, 포도주를 걸고 주사위 놀이를 해도 감옥행이다. 제네바는 죽은 도시가 되었다(스테판 츠바이크<Stefan Zweig>의 조사, '어떻게 살 것인가' 유시민).

칼뱅도 물론 신국神國이라는 목표를 이루기 위해 행한 것이다. 그러나 남을 인정하지 않았을 때 결과는 이렇게 참담慘憺(참혹하고 암담함)하다. 그의 생각이 굳었기 때문이다.

딱딱하게 굳은 것은 죽음이다. 시신屍身은 딱딱하게 굳는다. 삶은 부드럽고 연軟하다. 삶을 살아가는 생각도 유연柔軟해야 한다. 늙으면 생각이 굳어질 수 있다. 나이가 들면 다른 사람의 생각을 듣기보다는 가르치려 한다. 자기도 모르게 자리 잡은 권위의식權威意識 때문이다. 나이가 무슨 벼슬인가? 그런 권위 따위는 개뼈다귀다.

우리는 항상, 태어날 때부터 이미 다른 사람들과 공존共存한다. 그래도 '우리'가 있고 '다른 사람들'이 있다. 그 우리도 제각각이다. 나와 내 아들도 우리지만 서로 다르다. 그러므로 내 가치 기준에 맞추려 가르치려 들면 안 된다. 그러면 아들을 잃을 것이다. 소통疏通 없는 관계는 상대가 없는 것과 같다.

세상살이에는 옳고 그름은 없지만 깊고 얕음深淺은 있다. 아비는 아들보다 오랜 경험이 있고 생각에 깊이가 있어 보다 현명賢明할 수 있다. 그래서 가르쳐 줄 무엇이 있을 수 있다.

그러나 그 현명함은 말로 표현되는 것이 아니라 마음 씀

씀이, 그에 따른 행동으로 나타난다. 아들은 아비의 등을 보고 자란다. 아비의 말이 아니라 마음과 행동을 보고 배운다.

3) 기억(記憶), 억념(憶念)으로부터 풀려나기

마음을 열면 하루하루를 새롭게 살 수 있다. 삶은 흐름이다. 그 흐름을 거슬러서는 좋은 삶이 될 수 없다. 따라서 우리는 항상 새롭게 살아야 한다. 과거에 집착하지 말아야 한다. 과거 일은 과거에 일어났던 일일뿐이다. 그건 오직 기억 속에만 있다. 기억에는 물론 기억해야만 할 것들도 있다. 그래도 그건 기억이지 현실은 아니다.

우리의 경험은 하나도 잊히지 않고 마음 안에 차곡차곡 쌓여 무의식無意識이 된다. 의식은 그중에 일부만, 빙산일각氷山一角처럼 표층表層에 드러난 것이다. 기억記憶이란 그 무의식으로부터 끌어낼 때 기억이, 기억이라는 의식이 된다. 그 생각해 낸 기억에 감정感情을 실으면 현재現在가 된다. 그래서 힘을 갖고 과거를 살아나게 한다. 기억에 집착한다는 것은 그렇게 살아난 과거에 얽매인다는 것이다.

기억이 떠오르는 것은 어쩔 수는 없다. 그러나 그에 매달리지 않을 수는 있다. 우리는 새가 머리 위를 날아다니는 것을 막을 수는 없지만 머리위에 둥지를 틀지 못하게는 할 수 있다.

열린 마음은 앞을 향하고 있지 뒤가 아니다. 과거는 미래를 위해 죽어야 한다. 소돔과 고모라Sodom and Gomorrah에서 롯Lot의 아내는 소금기둥이 되었고 오르페우스Orpheus는 에우리디케Euridice를 잃었다.

망각은 신神이 인간에게 준 특별한 선물이다. 망각은 우리의 삶에 'Let it be' 그러면 '이 또한 지나가리니'라고 말할 수 있는 지혜를 마련해 준다. 그렇게 하여 우리는 아픈 기억에서 벗어나 새롭게 살아갈 힘을 얻을 수 있다.

민족주의 역시 그 순기능에도 불구하고 언제인가는 망각되어야 한다. 민족주의도 개인에게는 하나의 신념信念이다. 망각되지 않는 민족주의(신념)는 망집妄執이 되어 죽지 않는 암세포처럼 인류공동체에 암적 존재가 된다.

나라도 없이 2천년을 떠돌면서도 잊히지 않고 살아남은 유대 민족주의가 지금 세상을 연옥煉獄으로 만들고 있다. 세계적인 지휘자 다니엘 바렌보임Daniel Barenboim은 이스라엘 노벨상이라고 불리는 울프상Wolf Prize을 받은 후 수상 소감에서 "우리가 핍박逼迫을 받았다고 해서 그것으로 남을 핍박할 권리가 주어졌다고 생각해서는 안 된다."고 했다. 그는 자신이 유대인이지만 이스라엘의 아랍 국가들에 대한 침략 행위에 항의하였다.

4) 우정(友情)

우정은 열린 마음의 한 징표徵標이다. 우정은 상대에 대한 인격적 이해와 존중尊重을 선행조건, 본질로 한다. 누구에게나 이해, 존중받는 것은 기쁨이다. 친구란 그런 마음으로 맺어진 관계이다. 아무도 친구 없는 삶은 원치 않을 것이다.

친구는 또 다른 '나'다. 친구를 보면 그가 어떤 사람인지 알 수 있다. 우정은 서로 관계를 맺고 그 관계를 유지시키는 필수 조건이다. 아리스토텔레스^{Aristoteles}는 우정^{Philia}을 행복한 삶의 필수적인 고귀한 덕^德이자 상호 선의^{Well Willing}와 신뢰를 바탕으로 서로의 성장을 돕는 관계라고 한다. 『니코마코스 윤리학^{Nicomachean Ethics}』

모든 인간관계에는 우선적으로 우정^{友情}이 밑받침 되어 있어야 한다. 어떤 사람은 이를 수평적^{水平的}관계라고 하지만 그렇다고 해서 우정에는 위아래가 없어야 한다는 의미는 아니다.

부자^{父子} 관계에도 우정^{友情}이 필요하다. 우정을 바탕에 깔고 있지 않으면 사상누각^{砂上樓閣}처럼 그 관계가 무너져 습관적^{習慣的}인 형세로 남겨진다. 아비의 딱딱하게 굳은 권위, 말하면 명령이 되고 강제가 되는 종속^{從屬}관계만 남는다. 서로의 이해와 존중이 결여된 의무나 권리에는 강제성만 남는다. 그렇듯 우정은 모든 인간관계의 근본이다. 좋은 세상은 남들과의 관계가 우정으로 맺어질 때 완성된다.

5) 이타행(利他行) -남을 도우며 살기-

좋은 삶을 위해서는 이기적^{利己的}인 자아^{自我}, 아집^{我執}으로부터 풀려나야 한다. 스님이 평생 수행^{修行}을 해도 될까 말까 한 그것을 남을 도움으로써 해낼 수 있다.

남을 돕고 살라는 게 아프리카의 작은 예수 이태석 신부^{神父}같이 살라는 것은 아니다. 그러면 남의 일처럼 느껴진다. 조금씩, 그냥 조금씩 해서 생활의 일부가 되게 하면 된다.

남을 돕는 일은 그 일 자체보다 그 마음이 더 중요하다. 그 일의 또 다른 목적은 이기적^{利己的}인 자아^{自我}에 대한 집착으로부터 벗어나는 데 있으니까… 그렇게 해서 남을 돕는 게 자기를 돕는 게 된다.

현대 뇌과학腦科學에서는 이타利他 행동의 메커니즘을 생물학적 본능으로 타인의 고통과 기쁨을 인지認知하고 공감하게 만드는 신경세포인 거울 뉴런mirror neuron의 DNA에 따른 것이라고 한다. 나는 그것이 옳은지 그른지를 판단할 수 없다. 그러나 그런 지식知識은 이타행동을 하는데 아무런 소용은커녕 방해만 된다는 것쯤은 안다.

거기에는 인간이 없다. 인간은 DNA를 나르는 물체일 뿐마음도, 자유의지自由意志도 없다. 안중근 의사義士도 DNA가 시켜서 이토 히로부미를 죽였다? 자유의지는 인간의 존엄성尊嚴性을지키는 상징이다. 존엄사尊嚴死는 자유의지로 선택한 죽음이다

가) 이타행(利他行)은 어렵지 않다.

남을 도우며 살기는 어렵지 않다. 용수龍樹-나가르주나는 '지혜라 하면 도道를 얻은 사람이라야 비로소 믿고 따를 수 있지만, 큰 자비로운 모양은 온갖 무리도 모두 믿음을 낼 수 있나니, 마치 형상을 보거나 말소리를 듣고 믿고 받을 수 있는 것과 같다.'고 하였다

먼저 내 얘기부터 하자.

우리는 고등학교를 졸업할 때 가까운 몇이 그룹을 만들었다. 9명이어서 이름을 NESSNine Eagles Self Service라고 지었다. 비둘기도 못 되는 애들이 거창한 이름을 붙인 것이다. 그리고 2년

후배들을 모았고 또 그 아래 2년 후배들. 그렇게 27명이 되었을 때 우리는 한 달에 200원씩 모아 재학생在學生 2명에게 장학금을 주기 시작했다. 그때 3개월 수업료가 7,400원이었다. 그 장학금 받은 애들이 4기 NESS가 되었다. 당시(1965년) 우리나라 국민 개인소득이 105달러였고 어떤 기업도 장학금을 생각할 만한 여유가 없었다. 1974년 선경장학재단이 발족되었는데 그때 우리는 이미 10년 가까이 장학금을 주고 있었다. 그때 우리는 대부분 대학생이거나 군대 졸병이었다. 그런 애들이 그 일을 시작한 것이다. 그것도 아주 쉽게, 겨우 200원씩 모아서.

일상日常 안에서 돕는 일을 하면 그걸 의식하지도 않고도 하게 된다. 나는 '국경없는 의사회'에 자동이체로 월月 이만 원씩 내고 있다. 아마 6년은 넘은 것 같다. 나는 그걸 의식하지 않는다. 자동이체니까. 그저 가끔 그들로부터 의사회가 하고 있는 일을 알려 올 때, 생일에 축하 메시지를 받을 때 그때만 의식한다. 그때 좀 기분이 좋다.

보다 작게는 전철이나 버스에서 자리 양보하는 것도 쉽게 남을 돕는 일이다. 나는 전철이나 버스에서 될 수 있는 대로 노약자석은 피한다. 거기에 앉아 있으면 자리를 내줘야 할 경우가 생기기 때문에. 그래도 가끔은 피할 수 없을 때가 있다. 그러면 속으로 '염병할, 내가 지금 나이가 몇인데.' 하면서도 별수 없이 일어난다. 그냥 습관적으로, 그렇게 배웠으니까….

이렇게 작은 서로 돕는 관계의 범위를 조금만 넓혀 보면 세상이 좀 좋아지지 않을까? 삶의 의미는 어느 하나, 한때에 있지 않다. 물론 목숨을 걸만한, 안중근安重根 의사義士 같은 경우도 있지만 대부분은 이것저것에서 조금씩 쌓아간다.

나) 남을 도와주는 것은 '나'를 돕는 것이다.

내 친구는 업둥이를 키웠는데 딸이다. 그때 우리는 다들 아이들이 있었는데 그 친구에게만 아이가 없었다. 그는 저층底層 아파트 5층, 맨 꼭대기 층에 살았는데 문 앞에 아이를 놓고 간 것이다.

그게 문제였다. 키울 마음은 있었다. 그러나 다 알고 했으니 나중에 딴소리, 딴 일이나 없을까 해서 좀 망설였다. 그러나 그 아내가 원했고, 할아버지도 좋은 분이셔서 예쁜 이름도 지워 주셨다. 나도 좀 거들긴 했다. "너 지금 그 애 안 받으면 그 애는 두 번 버림받는 거다."

거의 50년이 지난 요즘 그 친구는 "나 그 애 없었으면 어땠을까 생각하면 아찔하다."라고 한다. 삶이 공허空虛해서 삶이 위태로울 뻔했다는 말이다. 누가 누굴 도와준 것이지? 나는 자식들이 효도해야 한다는데 글쎄다. 부모는 자식들 키우면서 재미 실컷 보아 놓고 또 무슨 효도까지……. 이런 생각이 꼭 부모 자식 간에만 해당되지는 않을 것 같다.

라오스의 어느 산골 마을, 스님들이 아침 공양을 위해 탁발托鉢하러 산길을 내려온다. 길 한 곁에는 여인네 신도信徒들이 무릎을 꿇고 머리 위로 공양물을 올려 스님들에게 감사하는 마음으로 보시를 한다. 그들은 자신들에게 보시布施할 기회를 주신 스님께 감사한다. 보시는 그 여인네들의 삶에 의미 있는-

전부는 아니라도- 일이다. 스님들은 그걸 도운 것이다.

사실 남이 없으면 나도 없다. 인간은 태어날 때 이미 부모, 가족이라는 '남'들과 함께 산다. 동네, 학교, 직장, 모두 남들과 함께하는 삶이다. 내 행복 역시 타인과 더불어 하는 행복이다. 혼자서 하는 행복은 행복이 아니라 자기 성취成就다.

다) 남을 돕는 일이 자신을 성숙시킨다.

남을 돕는 일은 때로 힘들기도, 짐처럼 느껴질 때도 있다. 그러나 인간은 고통을 통해 성숙해 진다.

내 등에 짐이 없었다면
나는 세상을 바로 살지 못했을 것이다.
이제 보니 내 등의 짐은 나를 바르게 살도록
귀한 선물이었습니다.

내 등의 무게로 남의 고통을 느꼈고
이를 통해 사랑과 용서도 알았습니다.

물살이 센 냇물을 건널 때는
등에 짐이 있어야 물에 휩쓸리지 않고
화물차가 언덕을 오를 때는
짐을 실어야 헛바퀴가 돌지 않듯이
내 등의 짐이 나를 불의不義와 안일의 물결에
휩쓸리지 않게 하였습니다.

내 등에 짐이 없었더라면
나는 아직도 미숙하게 살고 있을 것입니다.
내 등에 있는 짐의 무게가 내 삶의 무게가 되며
그것을 감당하게 하였습니다.
....

정호승 '내 등의 짐'

이 시詩에 덧붙일 말은 없다. 그냥 다시 한번 읽어보았으면 하는 생각이다. 남을 돕는 일을 슈바이처나 카네기가 한 것처럼 너무 거창하게 생각할 필요는 없다. 그러면 멀리 느끼게 된다. 사실 전쟁터에서 병사兵士가 죽음을 무릅쓰고 싸우는 건 나라가 아니라 옆에서 함께 싸우는 전우戰友들 때문이다.

인류니 나라니 하는 건 그거 하는 사람들에게 맡기고 그냥 자기 주변에 대해 관심關心을 가지고 좀 나눠주라는 말이다. 좀 손해 본다고 큰일 나나…….

부처님은 가섭소문경迦葉所問經에서 '허무주의자의 공견空見을 갖느니보다 수미산須彌山과 같은 엄청난 아견我見을 즐기는 것이 더 낫느니라.'했다. 허무주의에 빠져 세상을 비관하거나厭世, 냉소冷笑하기보단 내가 좋은 일을 한다고 좀 우쭐대도 그게 더 낫다는 말이다.

2. 아름다움에 대하여

아름다움은 삶을 고양高揚시킨다. 열린 마음이 우리의 생활을 살만한 곳으로 만든다면 아름다움은 우리를 생활 너머로 초대한다. 아름다움은 우리의 삶을 풍요롭게 한다.

1) 예술의 아름다움

나는 매주毎週 일요일 오전에 집 안 청소를 한다.

청소를 시작하며 알레나 바예바Alena Baeva가 연주하는 차이코프스키의 바이올린 협주곡을, 청소를 끝내면 클라우디오 아바도Claudio Abado가 지휘하는 말러의 교향곡 1번 '거인'을 크게 튼다. 매주 똑같은 연주자, 지휘자의 똑같은 음악을 듣는다. 기분이 좋아진다. 특히 말러의 4악장 피날레 5분은 속을 후련하게 한다.

피아니스트 유자 왕이 한 말이다. 클라우디오 아바도는 협주곡 연주회 전에 하는 리허설Rehearsal에서 독주자에게는 아무 말, 어떤 지적도 하지 않는데 그녀가 조르고 졸라서 들은 말이 "너 몇 번째 소절 무슨 음音에서 페달Pedal을 안 밟더라…." 였더란다.

아니 건반의 키를 잘못 누른 것도 아니고 겨우 페달을? 그럼 난 뭘 듣는 거지? 한심하다. 아들에게 전화로 얘기하니 "그거야 그들 세계죠 뭐." 그래도 나는 음악이 좋다. 거의 하루 종일 듣는다. Back Ground Music처럼.

음악은 아름답다. 아름다움은 의식을 벗어난 편안함, 자유로움을 가져준다. 영화 쇼생크 탈출에서 주인공은 방송실로 들어가 안에서 문을 잠근다. 그리고 음반音盤을 올려놓고 확성

기의 볼륨을 높인다. 모차르트 '피가로의 결혼'의 편지의 이중창二重唱이다. 알토와 소프라노가 절묘한 조화를 이루며 부르는 아름다운 노래가 교도소 전체에 울려 퍼진다. 재소자在所者들도 그 노래에 자신들의 마음을 연다. 마음 안에 응어리진 것들이 물보라처럼 흩어져 버린다. 그들은 무심히 하늘을 쳐다본다.

영화 'Out of Africa' 아프리카의 넓은 평원이 펼쳐지고 그 위로 모차르트 음악의 선율이 흐른다. 클라리넷 협주곡의 느린 2악장. 맑고 고아高雅한 음색音色의 솔로 클라리넷의 아름다운 멜로디가 한 줄기 빛이 되어 여명黎明을 열면, 이어 오케스트라의 웅장雄壯한 화음和音이 대지大地에 널리 울려 퍼진다. 그 아름다움이 넓은 평원을 무의미無意味로부터 깨어나 평화로움으로 채운다. 거기에서 사랑이 익어 간다.

의식意識은 우리를 속박한다. 이것은 이렇고 저것은 저렇다고 경계를 긋고 갈라놓아 서로 넘나들지 못하도록 그 안에 우리를 가둔다.

인상파印象派 미술美術은 그 경계, 선線을 무너트리고, 사물을 빛에 드러나 보이는 인상印象 그대로 표현함으로써 특별한 아름다움을 선사膳賜한다.

지금 내 앞에는 모네Monet의 루앙 대성당Rouen Cathedral의 그림이 있는 달력이 걸려 있다. 그는 계절, 날씨에 따른 빛의 변화를 포착하기 위해 그 성당을 몇 번이고 그렸다.

마티스Matisse는 '군무群舞'에서 색과 형태를 극히 단순화시켰고, 초현실주의자 달리Dali의 그림에서는 계산되는 시간을 비

웃듯 책상 위 시계가 녹아 흘러내린다. 샤갈^{Chagall}은 동화^{童話}가 있는 꿈을 환상적으로 표현, 우리를 꿈꾸게 한다. 거기엔 의식 따윈 자리가 없다.

파격^{破格}은 아름다움이 주는 또 하나의 맛이다. 파격은 의식이 규정한 것을 깬다. 모란꽃잎으로 테두리를 한 조그만 도자기 받침대, 가지런히 세워진 꽃잎들 중 하나가 누운 듯 옆으로 기울어져 있다. 그 파격이 슬그머니 미소 짓게 한다.

부다페스트^{Budapest} 오케스트라가 브람스의 교향곡 1번을 점잖게 연주한다. 연주가 끝나고 지휘자 이반 피셔^{Fischer}가 다음 곡을 소개한다. 헝가리 무곡^{舞曲} 5번이다. 지휘자가 지휘봉으로 시작을 알리자 모든 연주자들이 그 곡을 합창^{合唱}한다. 제1 바이올린도, 트럼펫 연주자도, 첼리스트들도 모두 합창단원이 된 듯-

관객석에서는 웃음이 폭발하고 연주자들 모두 즐겁게 웃으며 노래한다. 그 파격은 여유^{餘裕}이고 자유였다. 품격^{品格}은 아름다움이 갖추어야 할 미덕^{美德}이지만, 파격은 그 아름다움에 해학^{諧謔}의 멋을 더해준다.

인간의 아름다움 -부끄러움과 수줍음- 그리고 나의 고백

부끄러움

부끄러움은 자신을 돌아보고 더 나은 방향으로 나가게

한다. 그건 단순히 숨기고 싶은 감정이 아니다. 부끄러움은 그가 인간적인 도덕성道德性을 가지고 있다는 증거다. 부끄러움을 아는 자만이 인간다움을 잃지 않는다. 전두환이 부끄러움을 느꼈을까?

윤동주尹東柱는 그의 서시序詩에서 '하늘을 우러러 죽을 때까지 한 점 부끄러움 없기를. 잎새에 이는 바람에도 나는 괴로웠다.'라고 한다.

'하늘'은 절대적 존재고 그는 자신의 '부끄러움'을 가장 높은 도덕성의 잣대 앞에 세워 놓는다. 그리고 그 앞에서 조그만 마음의 흔들림에도 괴로워했다. 그 마음이 그 시詩를 읽는 사람을 부끄럽게 한다.

수줍음

수줍음에는 예민함과 진정성眞情性이 깃들어 있다. 수줍음은 크게 웃지 않고 미소微笑 짓는다. 16세 어린 소녀의 수줍은 미소微笑는 순수함의 표현이고, 부처님과 가섭迦葉 간의 염화미소拈華微笑는 깨달음의 의미이다.

활짝 피기 전의 꽃잎처럼 수줍음은 자신을 과장하지 않고 절제하는 데서 오는 은은한 매력을 지닌다. 이는 오만함과 과시욕과 대비되는 미덕이다. 사실 과시誇示는 결핍缺乏의 징표徵標이다.

수줍음은 겸손을 동반同伴한다. 겸손을 모르고 설치는 모습은 천賤하게 보인다. 천한 놈은 천하게 태어나는 것이 아니라 천한 마음, 천하게 행동하는 놈이다. 나는 천한 놈이 제일 싫다.

수줍음에서는 자신의 아름다움을 스스로 자랑하지 않는 순수한 마음이 보인다. 그 모습이 아름답다. 우리는 다시는 부끄러움이나 수줍음을 볼 수 없을 것이다. 그 소녀의 수줍은 미소가 그립다.

글을 마치며 몇 글자의 고백을 남긴다.

장사를 그만둔 50대 초반부터 6개월 혹은 3개월짜리 배낭여행을 몇 번 했다. 그리고 50대 끝머리에 시청에서 하는 공공公共근로사업에 나가 2년 가까이 일했다. 천변川邊에서는 예초기를 매고 제초 작업을 했고, 인도人道에 보도블록을 깔기도 했다.

그러다 집에 갑작스런 일이 생겨 일하는 중에 그만두게 되어 작업반장에게 말하니 "일 잘하는 사람은 꼭 중간에 그만두더라."며 투덜거린다. '일 잘하는 사람?' 그냥 농땡이 치는 게 쪽 팔려서 한 것뿐이었는데, 좀 좋게 말하면 '내가 하는 일이 내 일이다.'라는 생각도 있었고….

그리고 60대 초반부터 10년간 아파트 경비를 했다.

경비는 24시간 교대로 일한다. 아침 일찍 퇴근하고 한숨 자고 나면 무료無聊하다. 경비 일을 하고 두세 달 지나서 자원

봉사 센터를 찾아가 일자리를 부탁했다. 곧 연락이 왔다. 목이 부러져 전신마비가 된 90킬로쯤 나가는 50대 남자를 휠체어에 태워 근처 공원에 나가 바람을 쐬어주는 일이다. 공원을 몇 바퀴 돌며 두 시간쯤 보내면 된다. 그러다 한번은 그 집에 가니 일이 일찍 끝났는지 아내가 와 있어 그냥 돌아왔다.

내가 그 집엘 가려면 우리 집에서 버스 기다리는 시간까지 합하면 한 시간, 왕복 두 시간 거리다. 전화 한번 해주면 내가 안 가도 되는데… 그렇게 두 번, 세 번을 당하고(?) 나니 짜증이 난다. 센터에 그만두겠다고 연락을 했다. 한 넉 달은 한 것 같다.

그렇게 지낸 후에 시작한 게 글쓰기였다.

경비가 24시간 중에 경비실 밖에 나가서 하는 일은 많아야 두세 시간뿐이다. 내게 경비실은 하루 종일 클래식 음악이 흘러나오는 독서실이다. 경비실을 비우면 안 되니 글쓰기에 더할 수 없이 좋은 조건이다.

그 10년간 쓴 책이 『동서양정치사상사1,2,3』(법영사 출판)이고 모두 합하면 1,400페이지쯤 된다. 그중 1권은 대학원 지도교수였던 김영두 선생님이 쓴 『동서정치사상사』를 리메이크(?)한 건데 내용을 많이 보완해야 했다. 여하튼 그 책은 내 생각의 방향을 결정짓는 데에 큰 영향을 주었다. 그 이후 나는 항상 동서양 철학을 함께 공부했다. 하이데거는 불교를, 불교는 하이데거를 이해하는 데 도움이 되었다.

그러다 최저임금이 오르면서 경비 인력을 반으로 줄이는 바람에 나이가 많아 잘렸다. 아쉬웠다. 그때가 70대 초중반이었다.

그리고 한 해 후에 배낭을 지고 몽골 여행을 3개월 하고 돌아와 주문진에서 혼자 한 2년쯤 살았다. 그때가 내가 불교에 대해 제대로 열심히 공부한 시절이다. 최 교수가 준 일본 불교학자 마쓰모도 시로의 '티베트 불교철학'은 불교에 대한 내 이해를 새 지평地平을 열어주었다.

그리고 총파카Tsong kha pa, 宗喀巴의 『도차제론道次第論』을 원어로 읽기 위해 티베트어를 공부했다. 번역본들이 있기는 했지만 그런 책들은 번역이 번잡스러워 이해하기 어려웠다. 사실 내용을 제대로 이해하지 못하고 번역한 책처럼 읽기 어려운 것도 없다.

그 생활도 집사람이 폐암 수술을 해야 했기 때문에 끝이 났다. 그 이후 병간호(?)보다는 뒷바라지하며 지낸 게 벌써 10년쯤 되었다. 작년 초에는 집사람이 의자가 있는 줄 알고 앉다가 엉덩방아를 찧고 허리를 다쳐서 만 3개월을 세끼 밥을 차려주어야 했다. 그리고 위로慰勞 차(?) 중앙아시아로 2달간 배낭여행을 떠났다. 그 여행에서 나는 분별分別을 내려놓고 돌아왔다.

이제 몸도 마음도 편안하다. 그냥 설거지, 청소하고 음악을 들으며 쿠란을 아랍어로 읽는 공부를 한다. 그렇다고 내 바람기가 다 가신 것 같지는 않다. 마음속 어디엔가 다음에는 아르메니아, 아제르바이잔….

이제 글을 마치려 한다.

내 삶을 돌아보니 나는 밥 먹고 똥 누는 일상日常에 잡아 먹히지 않으려고 발버둥 쳐온 것 같다. 배낭여행, 공부, 음악 그리고 매일 새벽에 공원에 나가 요가 체조를 하고 돌아와 찬물로 샤워하기. 다 깨어 있으려는 발버둥이었다.

30년 전, 북경北京에서 정주鄭洲에 가려고 밤기차를 기다리는데 시간이 많이 남는다. 기차 시간을 맞추느라 영화관에 가서 "The Bridges Of Madison County"를 중국어 토키Talkie로 보았다. 중국어를 전혀 모르지만 영상만으로도 그 뜻은 전달되어 왔다.

한 여인이 단 4일간의 사랑으로 인해 남은 삶을, 아니 이 전후의 삶이 그 사랑에 압도된 채로, 그 기억만으로 살아간다. 그녀에게 승화昇華)된 삶의 통찰洞察을 경험케 한 그 짧은 사랑이 다시는 이전의 삶으로 되돌아갈 수 없게 한다.

우리나라에는 한때 미전향수未轉向囚라는 이름의 북한 공산주의자들이 교도소에서 옥살이를 했던 적이 있다. 당시에 전향한다는 서류에 이름 세 글자만 썼다면 끝낼 수 있었던 그 옥살이를, 수시로 끌려 나가 두들겨 맞으면서도, 40년을 Communist이기를 주장하며 살아갔던 이들, 미전향수라는 이름의 Romantist들, 그들이 품고 산 것은 정치적 신념이라기보다는 젊은 시절 언뜻 보아버린 공산주의의 이상향理想鄕이리라.

그들에게 매일의 생활이 고단하고 힘들어도 그것이 뭐 대단했겠는가….

세상에는 많은 종류의 Romantist들이 있다. 가난한 시인詩人도 있고 살림 잘 못하는 주부도 있다. 돈 못 버는 장사꾼도 있고 배웠으면서도 노가다를 하는 이도 있다. 그러나 똑같은 생활, 고스톱 치고 술 마시면서 지저분한 애기로 분위기를 혼탁混濁 시켜 오히려 그 속에서 편안함을 느끼는 그런 사람들의 나날들 천개千個를 모아본들 어느 한 Romantist가 경험한 삶의 충만감充滿感을 감당할 수 있겠는가?

_Plain Living, High Thinking

비 굿^{Be Good},
어떤 사람이 되어야 할까?

—

1판 1쇄   2026년 4월 27일 발행

지은이   지기영
편집   김영석
기획   도서출판카논
디자인   김동현
펴낸곳   도서출판카논
ISBN   979-11-93353-26-4   03810
가격   9,200원